ESSAIS

DE PHILOSOPHIE,

DE POLITIQUE ET DE LITTÉRATURE.

PAR

FRÉDÉRIC ANCILLON,

DE L'ACADÉMIE ROYALE DES SCIENCES ET BELLES-LETTRES
DE PRUSSE.

Inter utrumque tene.
OVID. MET. L. II.

TOME DEUXIÈME.

PARIS,

GIDE, rue Saint-Marc, n° 20.
A. PIHAN DELAFOREST, rue des Noyers, n° 37.

—

1832.

I. PHILOSOPHIE.

ESSAI

SUR LE SYSTEME

DE

L'UNITÉ ABSOLUE

OU

LE PANTHÉISME.

L'Amour de la vérité est plus précieux que
la vérité elle-même ; car il est le principe du
travail de la pensée, et le travail de la pensée
est le principe du développement de la pensée.
La possession de la vérité, ou de ce qu'on croit
être la vérité, est un bonheur qui tourne souvent en piège, parce qu'il devient un principe
d'inaction. On se repose sur ses lauriers et sur
ses richesses ; les lauriers se flétrissent et les richesses se consument bien vite, quand on ne
les entretient et ne les augmente pas. La possession de la vérité endort souvent l'activité de
l'esprit ; l'amour de la vérité lui conserve , ou

II. 1

lui donne de l'énergie. Dans ce genre, plus encore que dans les autres, l'homme vaut mieux quand il fait sa fortune, que quand il l'a faite, ou croit l'avoir faite. La condition de l'homme serait moins belle et moins intéressante, s'il trouvait la vérité sans efforts, et sans la chercher, qu'aujourd'hui où souvent il la cherche sans la trouver.

C'est cet amour de la vérité qui fait qu'on revient souvent sur les mêmes idées, avant de les rejeter ou de les admettre. Ce sont ceux qui n'ont point de système, qui examinent avec le plus d'attention et d'impartialité tous les systèmes. Quiconque a créé, ou adopté un système, est possessionné; et, comme tous les propriétaires fonciers, il n'aime pas à se déplacer. Il redoute les déplacemens et les voyages de long cours, et il juge de tout relativement au sol qu'il habite. Ses habitudes casanières l'attachent en quelque sorte à la glèbe; à peine donnera-t-il un regard aux entreprises nouvelles, et aux colonies qui vont former et chercher des établissemens. Au contraire, quiconque n'a pas arrêté irrévocablement ses idées sur le grand problème de l'homme et de l'Univers, est indépendant et libre. Son esprit, qui n'a encore pris racine nulle part, parcourt le monde des idées, comme un voyageur, sans patrie et sans habitation fixe, parcourt la surface de la terre, afin de la connaître, de l'admirer, d'en jouir avant de se fixer quelque part.

Il vaudrait mieux, dira-t-on peut-être, créer un système, ou en adopter un, que de les juger tous. Je sais qu'il y a des pays où le plus grand éloge qu'on puisse faire de la tête d'un homme, est de dire qu'il a la tête systématique; des pays où l'on ne saurait prétendre au titre de philosophe sans avoir fait un système, et où l'on demande d'un homme, quel est son système, comme on demande ailleurs quel est son rang. Je respecte un esprit systématique, si l'on entend par là un esprit actif, réfléchi, vigoureux, qui tend sans cesse à mettre de l'ordre, de l'enchaînement, de l'unité dans ses idées; mais on doit craindre les esprits systématiques, s'ils rejettent les faits qui, faute d'entrer dans leurs cases, leur présentent l'image du désordre, s'ils forcent l'enchaînement des idées, s'ils rapprochent, par un effort, des chaînons qui ne sont pas liés l'un à l'autre, et qui supposent beaucoup de chaînons intermédiaires, enfin, s'ils aiment mieux sacrifier la vérité à l'enchaînement que l'enchaînement à la vérité.

Un système vrai sur un objet quelconque serait une belle chose ; car il supposerait que, sur cet objet, nous avons la vérité tout entière, et que nos idées sont l'équation de la nature. Un système sur Dieu, l'Univers, et l'Homme, ou sur la nature et l'origine des existences, ne laisserait rien à désirer ; car il comprendrait et expliquerait tout. S'il suffisait, pour posséder un système pareil, de produire une combinaison ingénieuse ou hardie de notions, et d'aller aussi loin qu'on peut aller en s'abandonnant à son imagination, on aurait tort de se le refuser, et de ne pas enfanter un nouveau jeu de notions, ou de prétendus principes. Alors la philosophie serait synonyme d'*art* ; il ne s'agirait pas de voir, mais d'imaginer ; de connaître, mais de créer. Les systèmes seraient des ouvrages qu'on jugerait sans sortir d'eux-mêmes ; et, s'ils étaient harmoniques, bien proportionnés, fortement liés dans toutes leurs parties, et surtout *uns*, on n'aurait plus rien à leur demander. Mais, avec tous ces caractères, ces systèmes pourraient encore manquer totalement de vérité. Ce qui est, *est*. Il s'agirait encore toujours de prouver que la science, ou la connaissance, contenue dans ces systèmes, et les existences, se correspondent

parfaitement entr'elles , et qu'elles sont identiques.

On ne saurait donc revenir trop souvent
sur ces systèmes qui ne nous promettent rien
moins que de résoudre le grand problème de
l'Homme et de l'Univers. Plus nous aimons ,
en fait de connaissances , ce qui est complet et
achevé , ce qui comprend tout et suffit à tout ,
et plus il faut se défier de ces systèmes , et de
l'enthousiasme qu'ils inspirent. D'un côté ,
l'orgueil et la paresse ; de l'autre , le desir de
posséder un tout achevé , et l'amour décevant
d'une certaine perfection , motifs plus nobles ,
peuvent nous faire prendre le change avec une
égale facilité. Plus ces systèmes sont simples ,
ou plus ils nous le paraissent, et plus ils sont
séduisans et dangereux. A la hauteur où ils
vous placent , on croit voir tout à distance , et
dans le fond , on ne voit , et l'on ne connaît
rien ; mais on méprise tout , et l'on se meut
orgueilleusement dans un vide immense. Comme on n'y rencontre point d'objets , on croit
avoir triomphé de tous les obstacles, et, comme
on n'aperçoit rien de déterminé , il est facile
de se perdre dans le vague, et de s'imaginer
être bien établi au sein de l'unité absolue.

Tout ce que nous venons de dire peut s'ap-

pliquer parfaitement à la philosophie de la nature. On peut envisager ce système sous un
double point de vue : l'examiner en lui-même
comme système démontré, en analysant les
principes dont il part ; l'apprécier comme hypothèse, en considérant ses conséquences et
ses effets ; c'est-à-dire, en l'appliquant aux
phénomènes, et en voyant s'il les explique et
s'il en rend raison. Le rapprochant ensuite
d'autres systèmes, avec lesquels il a des ressemblances plus ou moins fortes, plus ou
moins éloignées, il sera facile de prouver qu'il
a tous les défauts de ces systèmes, et qu'il en
a d'autres qui lui sont particuliers.

Exposons d'abord ce système d'une manière
complète, et en entrant dans tous les détails
nécessaires.

EXPOSITION DE LA PHILOSOPHIE DE LA NATURE.

Quiconque n'est pas étranger à la philosophie, ne saurait nier que la philosophie ne
soit une science, et même la Science des
sciences. L'objet de toute connaissance, qu'il
soit hors de nous, ou qu'il soit caché dans
les profondeurs de l'ame, doit, pour être
connu, devenir un objet de la conscience. Ce

qui ne peut être saisi d'aucune manière n'est rien, et équivaut pour nous à *zéro*

Comme Science de la science, la philosophie est fort au-dessus de toute connaissance relative et conditionnelle ; elle n'a d'autre objet que l'inconditionnel et l'absolu. Ce qui doit être su, doit l'être immédiatement, c'est-à-dire d'une manière absolue et immédiate. En général, on ne peut connaître que ce qui est réel, et il n'y a de réel que l'absolu ou l'identité. Dans toute science on ne sait jamais que cela ; et si l'on croit savoir autre chose, on se fait illusion et l'on se trompe.

L'intelligence tend à l'unité entière et à quelque chose de complet. Elle veut voir tout dans l'unité, et retrouver l'unité dans tout. Ce qui, dans le *moi*, se présente comme différent, ne peut pas l'être en effet ; à moins que la raison n'admette pour principe, qu'il y a division et opposition dans l'Univers, et qu'elle ne se condamne elle-même à une guerre intestine et interminable.

Dans toutes les connaissances humaines, cette unité est la réalité parfaite. On peut dire qu'elle est tout; car elle se retrouve tout entière dans toutes nos connaissances.

En parlant de cette identité, nous sommes

bien éloignés de vouloir établir une unité nu-
mérique. Au contraire, nous prétendons qu'elle
est en même temps la totalité, c'est-à-dire,
qu'elle se ramifie dans un nombre infini d'objets,
et qu'elle est tout entière dans chacun d'eux.

Les sciences sont donc, toutes ensemble,
l'identité absolue ou l'unité qui se manifeste et
se révèle de différentes manières, et sous différentes formes.

La réflexion distingue, dans toute connaissance, l'être qui connaît, de l'être qui est connu,
et elle les oppose l'un à l'autre. Mais, si ce
qui connaît, et ce qui est connu, formaient
une véritable antithèse, la science ne serait
pas du tout possible, ni relativement au fini, ni
relativement à l'infini ; si cette antithèse était
réelle, il serait impossible à la réflexion de la
faire disparaître, et de la ramener à l'unité. Si
la science doit être possible, il faut donc poser
en principe, que la distinction entre l'être qui
connaît, et l'être qui est connu, est illusoire.

Toute science suppose que la science et l'être,
ou la connaissance et ce qui est connu, sont
une seule et même chose. Du moment où l'on
admet la différence entre le sujet et l'objet,
on ne peut s'en tirer qu'en renonçant à la vérité, et en faisant disparaître la science. Kant

et Fichte, qui avaient pris cette route, en ont fait l'expérience. Tous deux, l'un, en analysant l'acte synthétique de l'apperception pure; l'autre, la thèse et l'antithèse, n'ont eu d'autre résultat que la pensée, sans réalité et sans objet.

Si, dans toute connaissance, il doit y avoir une identité parfaite entre moi et ce qui n'est pas moi, on ne peut aussi connaître parfaitement que cette identité même. Cette identité est la réalité de la science, et la réalité de l'existence.

D'un côté, cette identité est la raison; de l'autre, la raison n'est que la faculté de reconnaître cette identité. Ainsi, cette identité et la raison ne sont absolument pas différentes l'une de l'autre; l'imagination seule peut les séparer.

Dire que l'absolu est hors de la raison; mais que c'est une idée que la raison peut et doit saisir, c'est avancer un principe faux, et fécond en erreurs. On ne saurait dire avec vérité l'absolu est hors de moi, ni il est en moi. Est-il hors de moi? il est inaccessible au sujet, et le sujet ne peut l'atteindre. Est-il en moi? il est purement subjectif. Mais il n'est ni hors de moi, ni en moi; car dès que nous parlons du moi, nous nous sommes déja séparés de l'absolu, et, du moment où l'on pose le moi, on détruit l'identité, et l'on place un sujet distinct vis-à-vis d'un objet distinct. Dans ce sens, nous ne connaissons pas l'identité ; et elle ne se connaît pas elle-même. Cependant la raison, sans autre condition, ou sans autre attribut, se connaît elle-même, et cette connaissance est l'identité. On peut exprimer cette thèse en disant : $A = A$; mais il faut éviter avec soin de voir dans l'A, soit le sujet, soit l'objet.

La science de l'identité est la seule connaissance réelle ; avec elle, toutes les autres connaissances sont données. Si l'on a la science de l'absolu, on sait tout ; et ce qu'on nomme science particulière, n'est que la conscience de ce qui était déjà donné dans la conscience de l'identité.

La substance universelle n'est que l'absolue identité elle-même, expression équivalente à celle-ci : que, dans toute science, le sujet et l'objet sont identiques. L'absolue identité, la substance universelle, est Dieu ; car son existence est donnée et contenue dans son idée. Il s'affirme lui-même, c'est-à-dire qu'il est absolu et inconditionnel. La réalité et la possibilité se confondent et coïncident donc en lui.

Il y a une grande différence entre l'existence empirique et l'existence absolue. Dans cette dernière, l'idée et l'existence sont une seule et même chose. La divinité seule existe de cette manière. L'idée d'un être et son existence sont-elles séparées ? l'existence ne résulte jamais de l'idée ; il faut alors que quelque chose de particulier vienne s'ajouter à l'idée, pour que l'être existe. Kant avait raison, quand il disait que la proposition Dieu est, était une proposition synthétique ; parce qu'il pensait, en le disant, à une existence empirique.

La distinction des jugemens, en analytiques et synthétiques, repose sur la différence essentielle qu'il y a, dans toute connaissance empirique, entre l'idée et l'existence. Les jugemens analytiques sont absolus ; mais ils ne dépassent pas la notion, et par conséquent ils manquent de réalité. Les jugemens synthétiques sont réels, mais conditionnels ; car il faut que quelque chose serve de médiateur entre la notion et l'existence.

Comme la raison ne connaît rien immédiatement que l'identité du sujet et de l'objet, et que cette identité primitive est Dieu, la raison peut connaître Dieu immédiatement. Dieu est dans la raison, et la raison, en tant qu'elle connaît l'identité, est en Dieu. Dieu est *égal* à la nature réelle, ou à l'essence de la raison ;

la raison est *égale* à l'essence de Dieu. La raison est elle-même quelque chose de divin. Ainsi, il ne peut y avoir d'autre connaissance de Dieu qu'une connaissance immédiate.

La connaissance immédiate de Dieu par la raison est *l'intuition intellectuelle*, la seule chose réelle dans toute connaissance.

Comme on ne peut avoir qu'une connaissance immédiate de Dieu, toute tentative pour prouver cette existence doit nécessairement échouer. Elle est le principe de toute science ; elle-même ne saurait donc être démontrée.

Quand nous parlons de la raison, nous ne parlons pas de notre raison ; mais de la raison en elle-même. L'idée de Dieu ne se trouve pas simplement dans la raison, et Dieu n'est pas un objet distinct d'elle, comme Descartes et Malebranche l'ont prétendu ; mais la raison est l'idée de Dieu elle-même. Dans la connaissance de Dieu, Dieu n'est pas simplement l'objet qu'on connaît ; mais il est, à la fois, ce qui connaît, et ce qui est connu. Dieu est l'unité et le tout ; l'Univers et Dieu sont une et même chose, ainsi que l'unité et la connaissance de l'unité.

Dans les systèmes dogmatiques ordinaires, on ne connaît Dieu que médiatement, et l'on conclut cette connaissance de la connaissance

infinie variété, et une variété infinie sans unité. Comme le cercle n'est que l'identité du centre et de la périphérie, Dieu est l'unité de toutes les positions. Trois choses existent, et sont données en même temps : l'unité, l'infinitude, et l'identité de l'unité et de l'infinitude.

On ne peut donc passer de Dieu, de l'identité absolue, aux choses, comme étant différentes de lui. Il n'y a point de passage de l'unité absolue à la dualité; mais chaque affirmation, ou position, est Dieu, c'est-à-dire, unité et totalité absolue.

Cependant il se présente encore une question : Comment l'identité absolue peut-elle nous paraître quelque chose de relatif et de fini?

Comme l'infinité des positions, ou la totalité, dérive immédiatement de Dieu, ces positions sont Dieu lui-même.

Mais ces positions, données avec Dieu, et en même temps que Dieu, existent, en vertu de leur nature divine, en elles-mêmes, et pour elles-mêmes. Par l'effet de cette espèce de consistance, elles ne sont pas, dans leurs rapports les unes avec les autres, des identités absolues, mais des identités relatives. Sous ce point de vue, chacune d'elles paraît différente de toutes les autres. Dans leurs rapports avec l'identité absolue, toutes ces positions sont égales l'une à l'autre ; et toute différence est impossible. Cependant, comme il faut que le tout se prononce de toutes les manières possibles relativement à la forme, les positions ont une différence ; mais, comme cette différence repose sur la non identité, cette différence n'est pas réelle.

Tout comme la différence des choses résulte du rapport des positions absolues les unes aux autres, il faut aussi que toutes les limites résultent de ces rapports. Ces limites n'ont point d'existence absolue. Dans le fond, elles ne sont rien. Le fini ne saurait donc être une limitation de l'infini ; car ce qui n'est rien ne peut pas non plus limiter quoi que ce soit, et il ne peut y avoir de rapport réel entre le fini et l'infini. Ce n'est que par une abstraction du tout que l'on donne naissance aux limites des choses, et en rapportant les positions les unes aux autres. Elles ne sont point fondées sur la raison ; c'est l'entendement, ou la faculté de former des notions, qui enfante et produit ces limites.

Tel est le système de la philosophie de la nature. Dans ce système, il n'y a d'existence réelle qu'une seule existence, absolue, inconditionnelle, infinie, et par conséquent une seule idée ; l'Univers et l'homme ne sont que des expressions figurées, des emblêmes, des types de ce qui est invisible. L'Univers est un immense poème épique, où la nature et l'homme, toujours en contraste l'un avec l'autre, présentent, sous toutes les faces, l'idée première et directrice. Ce poème n'a jamais commencé, il ne finira jamais ; il n'a ni épisodes, ni hors-d'œuvre, ni défauts, ni beautés. Les siècles, et de plus grandes époques encore, sont autant de chants de ce poème ; chacun de nous en est un mot, qui n'a pas de sens en lui-même, et qui n'en a que dans l'ensemble. Ce point de vue a sans doute, au premier coup-d'œil, quelque chose de simple et de grand ; mais, quand on considère ce système à nu, dépouillé de tout l'appareil scientifique qui le masque, le couvre et nous dérobe ses véritables traits, on est étonné de voir sur quelle base fragile il repose, combien ce tissu est lâche, et offre de fréquentes solutions de continuité.

Jugeons-le d'abord en lui-même ; abordons les notions sur lesquelles il repose, et qui doivent lui donner les caractères de la démonstration.

Sous ce rapport, il offre d'un bout à l'autre une pétition de principes continuelle.

Il part des idées de l'unité, de l'absolu, de l'infini, de l'identité, et leur suppose une réalité transcendante; et il la leur suppose, parce qu'il ne se donne pas la peine de rechercher leur origine. Il les regarde comme des notions premières, tandis qu'elles sont des notions dérivées, ou que du moins on peut les supposer telles; il les regarde comme les premiers termes qui portent tout, et qui eux-mêmes ne sont portés par rien; qui expliquent tout, et qui eux-mêmes n'ont pas besoin d'être expliqués. Au contraire, nous y arrivons par les notions directement opposées; et les notions d'absolu, d'infini, d'identité, sont en quelque sorte les derniers termes de nos connaissances.

Définissant la science comme il convenait aux besoins et aux résultats de son système, l'auteur de cette philosophie nous dit: ou la science n'est rien et n'existe pas, ou elle se trouve dans la vue de Dieu et de l'Univers, que je vous présente; et si cette vue n'était pas la seule véritable, il faudrait renoncer à la science. L'auteur ne paraît pas se douter que cette définition de la science est gratuite, que chacun a le droit de la définir conformément aux besoins de son système, et que ses adversaires en sont quittes pour lui dire : la science, dans le sens que vous attachez à ce mot, n'existe pas et ne peut exister.

Développons ces idées ; et voyons un peu ce que c'est que l'unité, l'absolu, l'infini, l'identité, la science, et comment nous y parvenons. Connaître leur origine, c'est s'éclairer sur leur nature.

L'*unité* est certainement la notion la plus extraordinaire. Toute la science des nombres repose sur l'unité ; elle n'est qu'une répétition continuelle de l'unité ; l'unité est le principe générateur de toutes les grandeurs et de toutes les quantités ; on ne fait, dans les calculs les plus savans et les plus compliqués, que combiner l'unité avec l'unité. Il est très vraisemblable que c'est cette idée qui a persuadé aux plus anciens philosophes qu'il ne faut qu'une seule substance pour expliquer toutes les autres, ou plutôt que toutes ensemble ne sont toujours qu'une seule et même substance, et que l'Univers n'est qu'une unité, répétée à l'indéfini.

Qu'est-ce qui a pu donner à l'homme l'idée de l'unité ? Où se trouve l'unité parfaite ? Estce une idée qui nous est venue du dehors ? Estce une idée que nous portons en nous-mêmes, et que nous appliquons ensuite à d'autres objets?

Il n'y a point d'unité dans le monde matériel; car, qui dit *matière*, dit en même temps : multitude et divisibilité. Il n'y a d'unité véritable que dans le sentiment et la conscience du moi. C'est là la véritable unité, que nous transportons ensuite aux autres êtres. Par l'acte de l'*apperception*, nous saisissons cette unité qui nous constitue. Par l'acte de la *perception*, nous réunissons la variété des élémens que nous présentent les êtres matériels, et même toutes les idées. Distinguant un objet de l'autre, le séparant de tous les autres, nous créons autant d'unités qu'il y a d'objets.

A mesure que nous nous élevons de perceptions moins générales à des perceptions plus générales, nous laissons toujours substituer moins d'unités particulières, et elles vont se perdre pour nous dans une unité d'un ordre supérieur. Une feuille détachée de l'arbre, ou qu'on peut en détacher, est une unité; bientôt elle cesse d'être telle à nos yeux, nous ne la considérons que comme une partie intégrante de la branche, qui devient pour nous une unité. Mais la branche n'est qu'une partie de l'arbre; l'arbre, une partie de la terre; la terre,

une partie du système solaire; le système solaire, une partie intégrante de l'Univers. Ar-
rivés à cette hauteur, nous ne devons pas oublier que cette unité de l'Univers est une unité
artificielle, une abstraction inséparable du mot
qui l'exprime; que, par cette opération, nous
n'avons pas anéanti les unités particulières,
mais que nous les avons simplement perdues
de vue. Surtout il ne faut pas tourner contre la
seule unité qui est le principe, ou la mesure
de toutes les autres, contre la seule qui nous
offre un point de départ fixe, et qui a saisi, ou
produit celle de l'Univers; il ne faut pas, dis-je,
tourner contre elle, cette même unité qui est
son ouvrage.

Comme on ne commence pas par l'apperception du moi; mais que la personnalité réfléchie est une des opérations tardives de l'ame
humaine, nous ne commençons pas par l'unité.
Dans l'enfance et la première jeunesse, tant
que la pensée n'existe pas, ou qu'elle n'a pas
atteint un certain degré de force, d'activité, et
d'énergie, nous n'avons qu'une idée faible, ou
du moins confuse, de l'unité. Les objets sont
pour nous des faisceaux de qualités variables;
nous-mêmes sommes une succession d'impressions flottantes.

On en peut dire autant de *l'absolu ;* c'est une idée à laquelle nous nous élevons lentement et par degrés. Il y a plus. La notion de l'absolu suppose celle du relatif, et elle n'est en quelque sorte que la négation de celle-ci. Nous commençons par les relations; elles forment le fond de notre existence, et par conséquent nos idées premières sont des idées relatives. Une relation n'est qu'une liaison quelconque entre deux objets divers, ou entre deux représentations distinctes l'une de l'autre. Une idée relative est une idée qui suppose deux termes différens, et que je ne puis avoir sans sortir d'un objet, pour le mettre en contact avec un autre. Il n'y a aucun objet isolé, aucun objet qui ne nous conduise, soit que nous voulions le connaître, soit que nous voulions l'employer, à d'autres objets, auxquels il tient d'une manière ou d'une autre. Il n'y a aucune idée que nous puissions saisir dans toute son étendue, et connaître sous ses véritables traits, sans être menés à d'autres idées dont elle dépend, et sans lesquelles on ne pourrait pas même lui donner une assiette fixe. Entre les rapports, il y en a que nous établissons, ou que nous créons, par un acte volontaire de la pensée, en comparant les idées ou les objets, et en les rapprochant les

uns des autres. De ce genre sont les rapports
de proportion , de différence, ou de ressemblance. Nous trouvons d'autres rapports, tout
établis sans notre concours; nous sommes forcés
de les admettre, et c'est là que réside le mystère de l'existence, ce *je ne sais quoi* qui distingue ce qui est réel de ce qui est idéel. Nous
saisissons nos rapports avec la nature extérieure, soit qu'elle nous donne des intuitions ,
ou des sensations de plaisir et de peine ; nous
saisissons les rapports des objets entre eux ;
nous saisissons les rapports que nos représentations et nos idées ont les unes avec les autres ;
et tous ces rapports ne peuvent nous donner
que des idées relatives ou conditionnelles. Chacune de ces idées ne peut être saisie par nous ,
qu'autant que nous avons en même temps une
idée différente, avec laquelle la première est
liée, et qui est la condition de son existence,
soit qu'elle la précède, l'accompagne, ou la
suive. Tous ces rapports eux-mêmes n'existent
que sous la condition d'un premier rapport ,
celui du *moi* au *non-moi*. Ces deux termes se
supposent réciproquement. Le non-moi est la
condition de l'existence du moi ; car, pour que
le moi se saisisse , il faut qu'il puisse se distinguer de quelque chose. Le rapport du moi au

non-moi est la base de tous les autres rapports :
de ceux du moi à ses représentations, des représentations aux objets, des objets entr'eux,
et des représentations entr'elles. Tout ce système de rapports, n'étant qu'un système d'existences conditionnelles, et d'idées conditionnelles, doit tenir finalement à une existence
absolue. Qu'est-ce qu'une existence absolue ?
C'est une existence qui n'est pas conditionnelle et de laquelle on ne peut ni ne doit sortir pour l'admettre ; c'est là tout ce que nous
en savons, et tout ce que nous pouvons en
dire. — Que résulte-t-il de cette longue dé-
duction ? Que les rapports sont donnés, et que
nous n'arrivons à l'absolu que par l'échelle des
rapports ; que nous ne commençons pas par
l'absolu, mais que nous finissons par lui ; que
l'absolu est une idée positive, mais que nous
ne la formons que par opposition aux rapports
qui nous sont donnés, qu'un système de rapports conduit à l'absolu, mais que la notion
seule de l'absolu ne conduira jamais à un système de rapports. Les rapports dont nous partons
dans toutes nos recherches, et qui sont la seule
chose que nous connaissions, sont à l'absolu ce
que les principes sont aux conséquences qui en
dérivent. L'idée de l'absolu n'a de sens et de

certitude, qu'autant que l'existence des rapports la prouve et la détermine. On ne peut donc jamais diriger cette idée de l'absolu contre les rapports, pour les attaquer, les détruire, les faire disparaître.

L'*infini* n'est pas une simple négation du fini. L'infini est ce qui comprend tout, et ce qui n'est pas susceptible d'augmentation ; le fini, ce qui est susceptible à l'indéfini d'augmentation, comme de diminution. Mais comment arrivons-nous à l'idée de l'infini ? Par celle du fini. L'étendue figurée nous donne l'idée de limites, et ces limites sont les points où un corps finit, et où un autre commence ; mais en faisant disparaître ces limites, nous ne parviendrons pas à l'idée de l'infini ; car une étendue illimitée est contradictoire. C'est encore par la réflexion sur ce qui se passe dans notre intérieur que nous nous élevons à l'infini. La force que nous portons en nous, et qui nous constitue, s'exerce ou tend sans cesse à s'exercer, en s'appliquant à un objet quelconque. L'objet lui oppose toujours plus ou moins de résistance, et cette résistance provoque ses efforts. Il vient un point où ces efforts expirent, et ne peuvent plus aller en croissant. La résistance triomphe d'elle ; elle sent ses limites, elle re-

II. 3

connaît qu'elle est une force finie, qui peut perdre, qui peut acquérir, une force qui est soumise à des gradations.

Écartant par la pensée les limites qui, dans la réalité, l'entravent, elle et toutes les forces qui lui ressemblent, elle s'élève à l'idée d'une force infinie, qui ne rencontre de la résistance nulle part, qui agit toujours sans effort, et pour qui il n'existe point de limites. Notre existence, bornée par les autres existences, nous conduit à une existence qui n'est bornée par rien et qui comprend tout. Quand nous disons qu'elle *comprend* tout, nous voulons simplement dire qu'elle n'est susceptible ni d'augmentation ni de diminution, et qu'au-delà d'elle, ou au-dessus d'elle, il n'y a plus de degré possible ; mais nous ne voulons pas dire qu'elle comprenne toutes les existences finies, de manière que ces existences n'existent pas hors d'elle, et qu'elle-même ne soit autre chose que la totalité de ces existences ; car la totalité des existences finies n'équivaut pas à l'infini. L'infini est un et indivisible, et ne peut jamais résulter d'un aggrégat de quantités, fût-ce de toutes les quantités. Ainsi, dans l'ordre des idées, le fini est le principe générateur de l'infini, quoique, dans l'ordre des existences,

l'infini doive être le principe générateur du
fini. L'infini est en nous, en tant que le fini a
l'idée de l'infini ; ôtez la réalité à l'être fini,
que devient l'idée de l'infini, et où reste sa réalité ? Michel-Ange disait, en voyant un bloc
de marbre : Le Dieu est caché là-dedans ; il
suffit, pour le faire paraître, d'enlever ce qui
le cache. Ceux qui prétendent que, par l'intuition intellectuelle, nous pouvons saisir au-
dedans de nous l'infini, croient qu'en dépouillant la nature humaine de tout ce qui la constitue, de toutes les formes sensibles de l'individualité, de la personnalité, ils croient faire
paraître l'infini, dont tout le reste n'est, à les
entendre, qu'une expression ou une enveloppe.
Dans ce sens, l'infini n'est pas en nous, car une
force ne peut être en même temps finie et infinie, et qu'est-ce que l'infini qui se rapetisse,
et se resserre en quelque sorte, pour s'encadrer
dans des limites. En enlevant successivement
les limites de notre nature, nous rencontrons,
nous trouvons, nous saisissons l'infini ; mais
sera-ce jamais autre chose que l'idée de l'infini ? Dans ce sens, on ne peut pas dire non plus
que nous sommes dans l'infini. Cela supposerait que, l'infini tout entier n'étant pas en nous,
nous sommes du moins une parcelle de l'infini ;

mais que signifie une parcelle de l'infini? L'infini est-il divisible, et peut-il y avoir des parties dans l'infini?

En admettant ces idées, on procède d'équations en équations, et il semble que l'on parvienne à l'*Identité* entière et parfaite. On dit: la totalité des êtres $=$ à l'infini ; les sujets $=$ aux objets, les objets $=$ aux sujets; et le tout $=$ à l'absolu. Par conséquent tout est ramené à l'identité; l'identité est le premier principe de tout le système. Si ces équations sont justes, et prouvées, l'identité en sera le résultat; mais ce sont ces équations qu'il est difficile de prouver ; nos doutes et nos objections peuvent du moins l'avoir fait soupçonner. Ce ne sera jamais de la nécessité de l'identité qu'on devra emprunter ses argumens pour établir cette identité. Cette nécessité de ramener tout à l'identité dans le système de nos connaissances, tient à la nécessité de l'unité; car ce n'est qu'autant que tout sera identique, que tout sera parfaitement un. Reste à savoir, comment on prouve la nécessité de l'unité, si l'on est autorisé à convertir un besoin de notre raison en principe, si l'on peut démontrer qu'au moyen de ce principe, nous atteignions la réalité, ou, si c'est simplement un principe régulatif, qui serve à ranger nos idées. Ensuite, pour établir cette identité qui doit nous mener à l'unité, il faut admettre que la totalité des êtres finis est égale à l'Être infini. Ce serait dire que tout est Dieu, ce que les panthéistes ont dit de tout temps; mais les philosophes de la nature prétendent rejeter ce principe, et différer entièrement des panthéistes; parce qu'ils disent que Dieu est tout. Enfin, en supposant même qu'on puisse ramener tout à l'identité, cette identité sera-t-elle jamais une source de connaissances réelles? L'identité ne peut perfectionner nos connaissances qu'autant que le dernier terme de nos équations progressives est quelque chose de réel, et nous est parfaitement connu. Mais, après que nous avons recherché la nature et l'origine des notions d'absolu et d'infini, ne pouvons-nous pas demander, si c'est connaître l'absolu et l'infini, que de mettre ces deux termes à la tête de tous les autres, et de leur accorder l'existence, tandis qu'on la refuse à tout le reste? N'est-ce pas dire, que la totalité des êtres finis est identique à une grandeur, qui restera à jamais inconnue, à l'infini? que les êtres qui ont une existence conditionnelle et relative, sont identiques à la négation du relatif et du conditionnel, c'est-à-

dire, à l'inconditionnel et à l'absolu? que ce
qui nous est donné est identique à ce qui ne
nous est pas donné? Ainsi nous nierons l'existence de ce qui nous est donné, pour n'admettre d'autre existence que celle de ce qui ne
nous est pas donné, ou ne nous est donné que
médiatement.

Nous trouvons en nous les idées d'unité,
d'absolu et d'infini, d'où partent les Auteurs de
la nouvelle philosophie pour créer, ou du
moins pour expliquer l'Univers. Ils supposent
que ces idées sont des principes générateurs de
la science, qu'ils sont en nous antérieurement
à tout, et indépendamment de tout, ou plutôt
qu'ils prouvent, par leur présence seule dans
l'ame, la philosophie nouvelle ; car c'est parce
que nous sommes uns avec l'Être absolu et infini que, par une intuition intellectuelle, nous
saisissons ces principes. Cette manière de raisonner est une pétition continuelle de principes, et ne prouve rien en bonne logique. Avant
toutes choses, il faut examiner ce que c'est que
ces notions, découvrir leur origine, leur nature, le genre et le degré de réalité qui leur
conviennent. Nous avons essayé de tracer leur
filiation et leur genèse, nous avons voulu montrer que le relatif nous conduit à l'absolu, et le

fini à l'infini, que l'idée même de l'absolu et de l'infini ne peut être saisie que par opposition au relatif et au fini. Si nous y avons réussi, nous avons par-là même démontré, qu'en refusant aux existences finies et aux êtres conditionnels toute espèce de réalité, on l'enlève en même temps à l'infini et à l'absolu, parce qu'on leur ôte leur point d'appui, ou qu'on enlève les degrés qui y conduisent. L'origine de ces notions que nous avons essayé de tracer pourrait être fausse, ou du moins imparfaite, et il resterait toujours vrai qu'une genèse quelconque, ou des recherches sur l'origine et la nature des notions, doivent précéder l'emploi de ces notions, et que cette philosophie, en les employant comme elle fait, ne repose que sur une pétition de principes.

Suivre une marche pareille, c'est ramener la philosophie à ce qu'elle était à l'aurore de la raison scientifique, lorsque l'école d'Élée parut sur l'horizon. Alors on partait de certaines notions qui se trouvaient dans l'entendement humain, sans rechercher leur origine et leur nature. Comme on avait trouvé que les sens ne peuvent pas conduire les hommes à la vérité, on s'était rejeté sur les notions, on les poussait

aussi loin que possible, et l'on s'en servait avec
une entière confiance, afin de chercher et d'atteindre les êtres. Descartes s'aperçut déja que
ces principes gratuits, dont on partait pour
procéder synthétiquement, et ces notions ar-
bitraires qu'on employait sans les avoir exa-
minées, ne pouvaient donner aucun résultat
certain. Par son doute universel, il se débar-
rassa de tout cet échafaudage, jusqu'à ce qu'il
eût trouvé un point fixe pour appuyer sa
marche. Ce point d'appui, le moi, et la réflexion sur le moi, le lui offrirent, et toute
philosophie qui ne suivra pas son exemple,
flottera toujours dans les airs, et ne sera qu'un
jeu de notions plus ou moins ingénieux.

On dira qu'en suivant cette marche, on n'aura
jamais la *Science* ; car ce qui mérite ce nom,
n'est que la science de l'absolu, de l'inconditionnel, de l'infini, la science de l'unité parfaite. La philosophie moderne fait un singulier
abus du mot de science. Elle la définit conformément aux principes qu'elle veut poser et aux
résultats qu'elle veut établir, et elle part ensuite de cette définition comme si elle partait
d'un principe. En accordant que la vraie
science soit la science de l'inconditionnel et de
l'absolu, que la raison humaine en sente le be-

soin et en ait l'idée, est-il par là même prouvé que l'homme possède cette science? Peut-on de cette manière en convaincre de bonne foi les autres? Peut-on se le persuader à soi-même?

Un protestant se fait catholique; parce qu'il trouve que la religion protestante n'offre rien de fixe ni d'invariable, tandis que la religion catholique fixe les dogmes de la foi, et substitue des stéréotypes aux caractères mobiles des opinions humaines. Il croit, parce qu'il a besoin de croire; et personne ne le conçoit, tout le monde se récrie; on ne comprend pas comment la raison peut faire ce saut immense : du besoin de la foi à la foi elle-même. Mais ceux qui disent, il nous faut la science de l'absolu et de l'inconditionnel ; ainsi nous admettons comme autant d'axiomes, les principes qui, s'ils étaient vrais, pourraient seuls satisfaire ce besoin, ne font-ils pas un saut tout aussi périlleux? Quand on prouverait très bien que c'est ne rien connaître, dant le sens propre du mot, que de connaître des existences particulières, relatives, conditionnelles, et que, pour les comprendre, ou plutôt pour les faire disparaître, il faut connaître l'existence absolue, universelle, inconditionnelle, et s'en tenir uniquement à elle, l'aura-t-on saisie par cela même?

aura-t-on prouvé sa thèse? Suffit-il de savoir ce qu'il faudrait savoir, si l'on devait savoir quelque chose, pour le savoir en effet?

Un roi d'Égypte, disent les conteurs arabes, voulut faire bâtir un palais dans les nues. On dressa des aiglons qui traînaient des corbeilles dans lesquelles se trouvaient des enfans architectes habiles. Quand ils furent dans les airs, ils crurent être dans le ciel, et voulurent commencer le travail. Comme les matériaux leur manquaient, ils criaient sans discontinuer : apportez, apportez des matériaux ! Et le travail n'aboutit à rien, parce que les matériaux ne pouvaient leur parvenir. Ce conte renferme une allégorie assez juste sur les travaux de la philosophie transcendante. Les deux aiglons sont la curiosité et l'orgueil. Nos facultés sont ces enfans, qui, dans le monde de l'expérience, font de très beaux ouvrages. Les aiglons les emportent ; ils sont dans les nuages, et ils croient être dans le ciel, au sein de l'infini. Là, manquant de matériaux, ils ne savent que faire; car les matériaux des constructions de l'expérience ne peuvent être portés à cette hauteur, ne serviraient de rien sur un terrain flottant, et sont rejetés par les architectes eux-mêmes.

SECOND ESSAI

SUR LE SYSTÈME

DE

L'UNITÉ ABSOLUE.

Après avoir considéré la philosophie de la nature en elle-même, c'est-à-dire, dans les notions sur lesquelles elle porte, il nous reste encore, pour achever l'examen de ce système, à considérer ses *moyens* de preuve ; son *mérite*, comme hypothèse destinée à expliquer le problème de l'Univers ; et ses *conséquences* morales et philosophiques.

MOYENS DE PREUVE.

Un des grands moyens de preuve, dont se sert la philosophie de la nature, c'est d'opposer l'esprit ou l'entendement à la raison. A l'en-

tendre , ces deux facultés diffèrent si fort , que
l'on ne conçoit pas comment elles pourraient se
trouver dans la même ame si cette philosophie
avait raison. Elle attribue , à l'esprit et à l'entendement , la recherche des existences relatives et des causes conditionnelles ; à la raison
seule , la recherche , et même la connaissance
de l'inconditionnel. Mais, si les existences relatives supposent l'existence absolue, pourquoi
faire deux choses tout-à-fait différentes de ces
opérations ? pourquoi attribuer à deux facultés
qui , à ce qu'on prétend , n'ont rien de commun entr'elles , ce qui pourrait bien être
l'ouvrage d'une seule ? Or le relatif ne sup-
pose-t-il pas l'absolu, et le conditionnel, l'inconditionnel ? D'ailleurs , pourrait-on dire aux
partisans de ce système , vous refusez toute
réalité aux existences particulières , et par
conséquent à l'ame ; elle n'existe réellement,
selon vous , qu'autant qu'elle est une modification de l'existence absolue, c'est-à-dire, autant
qu'elle n'existe pas réellement ; mais la raison
est dans l'âme , et pourquoi la raison aurait-elle
plus de réalité que tout le reste ? Ce n'est pas
l'absolu qui vous conduit à la raison , vous la
révèle , et vous la fait comprendre ; c'est la raison au contraire qui vous conduit à l'absolu.

Enfin vous ne connaissez la raison que par la réflexion sur vous-même ; la raison vous donne tout le reste , mais la réflexion sur vous-même vous donne la raison. Selon vous , la réflexion sur vous-même est une erreur, une négation, le néant; que devient donc tout ce que vous appuyez sur la base de cette négation, ou de ce néant?

Il y a deux problèmes différens dans la philosophie ; la réflexion, dit-on, peut résoudre l'un ; la raison seule peut résoudre l'autre. Le premier consiste à expliquer l'Univers phénoménique , en tant qu'il est accessible à nos sens et à notre entendement; il s'agit alors de rendre raison de l'expérience, et de montrer comment elle est possible. Le second est de connaître ce qui est au-dessus des sens , l'absolu et l'inconditionnel, la seule existence réelle. Mais ces deux problèmes supposent un autre problème, antérieur ou supérieur à eux : qu'est-ce que connaître ? que pouvons-nous connaître ? On ne peut répondre à ces questions qu'en analysant la raison humaine; on ne connaît la raison humaine que par le moi. Après avoir analysé la raison humaine, et déterminé avec précision sa force, son pouvoir, et la sphère de son activité, on verra, ou bien qu'elle ne peut connaître que le monde des expériences et le monde phénoménique, et qu'elle ne peut connaître ce qui est au-dessus des sens; ou bien que le monde des expériences ne saurait nous donner de véritables *connaissances*, que la raison seule peut *connaître* ce qui est au-dessus des sens, que même elle ne connaît en général quoi que ce soit, qu'autant qu'elle connaît le monde intellectuel; ou bien qu'elle peut connaître les deux mondes, mais par des moyens différens, et d'une manière différente. Jusqu'à ce que tous ces points soient éclaircis, on ne peut pas dire qu'il n'y ait en philosophie que deux problèmes primitifs, et surtout (ce qui est ici de la plus haute importance) on ne peut essayer de résoudre, avec quelque apparence de succès, le problème de l'Univers.

Il suffit d'énoncer le problème de l'Univers, disent les nouveaux philosophes dogmatiques, pour le résoudre; car il ne comporte qu'une seule solution : Ce qui est, est essentiellement différent de ce qui arrive; ce qui est, a toujours été, est, et sera toujours. Dans ce sens, ce qui arrive n'est pas; puisque ce qui arrive est dans un flux continuel. Tout ce qu'on dit communément être, dans l'Univers, *n'est* pas, mais *arrive*. L'Univers tout entier, en tant qu'il est une succession d'êtres, et les êtres eux-mêmes,

en tant qu'ils sont une succession de mouvemens, ou une succession d'idées, ne sont
pas, mais arrivent. Il n'y a pas de moment où
l'on puisse dire, cela est ; car déja cela n'est
plus, ou cela n'est pas encore. Il n'y a donc
proprement d'êtres, que l'être inconditionnel
et absolu ; c'est au sein de l'absolu qu'il faut se
placer, pour voir tout en dériver et en naître,
ou plutôt, pour produire tout. — Mais quelle
évidence, quelle certitude, quelle connaissance
même, acquiert-on par ce raisonnement ?
Qu'est-ce que l'inconditionnel et l'absolu ? Ce
n'est pas l'Univers ; car l'Univers arrive, et
l'Univers n'est que la réunion de tout ce qui
arrive. Si c'est quelque chose de différent de
l'Univers, qu'on essaie donc de définir cette
idée, ou de donner des caractères déterminés à
cet être ; car il ne suffit pas de dire *l'être* ; et
cependant, si l'on en faisait un véritable être,
positivement distinct de l'Univers, ce serait
professer les principes du théisme, et c'est ce
qu'on ne veut pas. Si c'est dans l'Univers
même que se trouvent l'inconditionnel et l'absolu, derrière tout ce qui arrive, il s'agit de
distinguer ce qui est, de ce qui arrive, et d'expliquer comment ce qui est, peut arriver.

On insiste en disant : L'unité est la première

loi de la raison, ou plutôt la pierre de touche de la vérité, et il n'y a d'unité dans un système, qu'autant qu'on n'admet qu'une seule existence. Il est très vrai que la nécessité de l'unité se trouve dans la nature de l'homme. Il y a dans le développement de l'esprit une époque où l'unité synthétique de l'apperception est entière, où l'objet et le sujet, l'existence et la pensée, se réunissent, se confondent, coïncident parfaitement, et paraissent identiques ; c'est-à dire, où l'objet représenté et la représentation, les notions qui forment le jugement et les qualités de l'être, sont tellement égales les unes aux autres, qu'on peut les substituer l'une à l'autre, ou plutôt, qu'elles ne sont qu'une seule et même chose. Les enfans, dans l'âge où la pensée s'éveille, commencent par cette identité ; les hommes qui ne réfléchissent jamais sur eux-mêmes, ne doutent pas de cette identité. Peut-on, doit-on partir de là pour soutenir que cette identité est réelle, et qu'elle est le premier principe de la science ?

La dualité est sans doute l'effet de la réflexion qui, se repliant sur cette unité synthétique, y découvre une composition secrète, et y distingue l'existence et la pensée ; mais comment la réflexion y trouverait-elle ces antithèses, si

elles n'y étaient pas? et de quel droit décréditer la réflexion, pour lui préférer la raison?
Du moment où cette antithèse a été saisie, suffit-il, pour la faire disparaître, de dire qu'il le
faut, afin de reproduire l'unité? Peut-on revenir avec confiance à l'unité synthétique de l'apperception, d'où l'on est parti, uniquement
parce qu'on en est parti, ou parce que la dualité ne donne pas la véritable science, et que
l'unité seule peut la donner? N'est-ce pas poser en fait ce qui est en question? n'est-ce pas
tomber dans le défaut qu'on reproche aux autres? Kant a cru réfuter le scepticisme de Hume,
qui niait la réalité des principes de l'expérience,
en disant : L'expérience doit être nécessairement réelle; n'est-ce pas l'imiter que de vouloir se tirer de l'espèce d'incertitude que la
dualité répand sur nos connaissances, en niant
cette dualité, et se plaçant arbitrairement au
sein de l'unité? En général, on ne peut, en
bonne philosophie, opposer la réflexion qui
divise les élémens de l'unité, à la raison qui
les réunit de nouveau, et calomnier l'une pour
exalter l'autre.

La raison elle-même ne peut reposer sur
des raisonnemens, mais sur une synthèse primitive que l'intuition nous fait découvrir. La

II.   4

faculté de raisonner n'est proprement que la
faculté de comparer les jugemens, et de les
déduire les uns les autres. Chaque raisonnement est au fond toujours conditionnel, quelque parfait qu'il soit pour la forme ; car il n'est
juste que sous la condition de la vérité de la
majeure. On prouvera cette majeure par un
nouveau raisonnement ; mais ce raisonnement
aura sa majeure aussi, dont la vérité décidera
de la vérité du raisonnement entier.

En procédant ainsi, de condition en condition, ou de raisonnement en raisonnement, on
n'arrivera jamais à la certitude, et toute la
chaîne des raisonnemens flottera en l'air. Il
faudra admettre à la fin une majeure qui ait sa
preuve en elle-même, ou plutôt qui n'ait pas
besoin de preuves. L'essentiel, dans la philosophie, n'est pas de démontrer, mais de saisir
et d'énoncer des faits primitifs, incontestables,
féconds en conséquences. Toute démonstration
suppose des énoncés pareils ; et des énoncés pareils ne supposent point de démonstration préalable, et qui soit vraie d'une vérité inconditionnelle et absolue. Dans ce sens, la raison
est la faculté d'admettre l'inconditionnel et
l'absolu. Transférez ce que nous avons dit des
raisonnemens, à la progression des causes, et

vous verrez que la raison ne peut s'arrêter au conditionnel; mais qu'elle doit attacher toutes les existences à une existence inconditionnelle et absolue.

Dans toute philosophie, il faut toujours admettre quelque chose sans preuve, que ce soit un fait ou un acte. Que quelque chose soit donné, ou que quelque chose soit produit, il ne faudra jamais demander la raison de cet acte, ou de ce fait, sous peine de ne jamais avancer. Au fond l'acte lui-même, si c'est de là que l'on part, nous ne le connaissons que comme un fait; mais il y a une différence entre les faits; et le fait, ou la conscience d'une impression est différente du fait, ou de la conscience d'une action.

Le fait primitif peut très bien être une dualité primitive, savoir celle du sujet et de l'objet. Jusque là tous les bons esprits sont d'accord; mais ici on se divise. Les uns disent que le fait primitif est l'unité, les autres sont d'une opinion directement contraire. On peut aussi bien prouver le moi par le non-moi, ou la nature, que la nature par le moi. Comme l'un suppose l'autre, on a cru qu'il n'y avait pas de réalité dans cette relation; et que, pour arriver à quelque chose de réel, il fallait les dé-

truire, ou les neutraliser réciproquement. Mais
de ce que deux êtres sont corrélatifs, il ne s'ensuit pas que ces deux êtres ne soient que cela,
et qu'ils n'aient point de réalité différente de
celle de leurs relations. Ils ont sans doute des
côtés par lesquels on peut les rapporter l'un à
l'autre ; mais il faut bien au préalable reconnaître qu'ils sont quelque chose, indépendamment de ces rapports.

C'est une singulière manière de raisonner,
que celle dont la philosophie de la nature se
sert pour prouver que ces dualités n'existent
pas réellement. Elle dit : Si le sujet et l'objet
sont différens, il n'y a point de connaissance
possible ; car il y aurait toujours un abîme entre eux. Le sujet et l'objet sont donc identiques ; ce sont deux manières de considérer
l'existence. Si le fini et l'infini étaient réellement opposés, le fini ne pourrait jamais comprendre l'infini, et ne se comprendrait pas lui-
même. Il faut donc admettre que l'infini existe
seul, et que le fini n'est que l'infini lui-même,
manifesté et révélé d'une certaine manière.

Pourquoi produire une unité forcée, en faisant disparaître la dualité ? Ne faut-il pas pourtant admettre l'antithèse de l'infini et du fini,
et quoiqu'on veuille l'effacer, en faisant du fini

une simple négation, la fait-on par-là évanouir en effet? Conçoit-on, explique-t-on pourquoi et comment ce qui est positif amène en
effet cette prodigieuse quantité de négations?
Toute cette philosophie ne se réduit-elle pas
au fond à l'énoncé d'un fait : c'est qu'il y a des
êtres finis, qu'il doit y avoir un infini, un absolu, un inconditionnel ; et que nous ne connaîtrions à fond les premiers qu'autant que
nous connaîtrions l'autre ?

Il faut, dit-on, nier la dualité pour rétablir
l'harmonie dans la nature humaine. Il y a eu
de l'harmonie dans la nature humaine avant
que l'homme s'aperçût de l'antithèse du fini et
de l'infini qu'il recelait dans son sein, et que
recèlent tous les êtres. Cette harmonie a existé
dans cet état de l'espèce humaine, où, tout
entière à la sensibilité et à l'imagination, elle
était encore étrangère à la raison. C'est tout
bonnement l'absence de toute philosophie, ce
qui n'exclut pas le talent et le génie de l'in-
vention, comme le prouvent les anciennes
mythologies. La vraie philosophie doit rétablir cette harmonie en rétablissant l'unité parfaite, et en faisant disparaître dans l'infini et
par l'infini, l'antithèse de l'infini et du fini ;
car, dit on, la philosophie est la Science des

sciences, la science de l'unité, de l'infini, de la réalité.

Mais ici se présente une série de questions auxquelles il est difficile de répondre. La Science de la science est-elle une théorie génétique de notre science, et non simplement l'énoncé et l'exposé de notre science? L'unité est-elle menacée ou compromise du moment où l'on admet plusieurs existences réelles et plusieurs principes actifs? L'unité parfaite est-elle possible, et le besoin de la raison qui la fait desirer et chercher, n'est-il pas peut-être une tendance à un objet inaccessible? Ne peut-on atteindre et arriver à cette harmonie, qu'en faisant disparaître un des termes d'où l'on part? En admettant l'infini, l'inconditionnel, l'absolu, pouvons-nous en connaître autre chose que ceci : C'est le contraire du fini, du conditionnel, du relatif? Si vous disputez l'existence au fini, au conditionnel, au relatif, aurez-vous, saurez-vous encore quelque chose?

L'être est un, dites-vous; en tant que les existences ont leur racine dans l'être, elles sont réelles. Fort bien; mais dites-moi, de grace, qu'est-ce que l'être? Ce n'est pas répondre à cette question que de dire qu'il est un. Dites-moi ensuite, qu'est-ce que les existences indi-

viduelles, en tant qu'elles ont leur racine dans
l'être ? Car si elles sont chacune à part quelque chose de réel dans votre système, vous
devez pouvoir le dire, et si elles ne sont toutes
ensemble que des négations l'une de l'autre,
que sont-elles? où est la réalité?

Tous les systèmes qui veulent expliquer l'U-
nivers se réunissent dans un point, c'est qu'ils
admettent une existence absolue, éternelle,
indépendante, infinie; mais ils se divisent
dans la manière de l'admettre et de la repré-
senter.

VALEUR DU SYSTÈME DE L'UNITÉ ABSOLUE COMME HYPOTHÈSE.

Il y a des philosophes qui distinguent l'Existence absolue et infinie, de l'Univers, et lui
donnent la personnalité, en accordant en même
temps aux êtres, et surtout aux personnes
qui composent l'Univers, une existence réelle.
Ils ne comprennent pas sans doute, comment
l'existence absolue et l'existence relative de
l'Univers sont compatibles; mais ils regardent
ces deux existences comme des existences qui
se supposent l'une l'autre, qui sont également
certaines; et elles sont à leurs yeux les deux

pôles de la science humaine. Ce sont des théistes.

D'autres confondent, ou identifient l'existence absolue avec l'Univers. Les philosophes de cette seconde classe se séparent de nouveau en plusieurs sectes, selon qu'ils adoptent, à l'exclusion de tous les autres, l'un des points de vue suivans : ou bien, disent-ils, l'Univers tout entier est l'être infini : ou bien il n'y a d'infini et de réel que la matière, et l'Univers n'est que le résultat toujours changeant et successif, des modifications de la matière : ou bien, il n'y a de réel que la force représentative, seule, infinie et absolue ; l'Univers et tous les êtres qui paraissent le composer sont le résultat, toujours changeant et successif, des modifications de la force représentative : ou bien, les pensées, comme les mouvemens, ne sont rien de réel ; la force représentative est aussi peu infinie et absolue que la matière ; il y a un Être absolu dont ces pensées et ces mouvemens ne sont que les manifestations, sans qu'on puisse dire que la pensée et l'étendue soient ses attributs : ou bien enfin, il y a un Être absolu et infini, dont la pensée et l'étendue sont les attributs. Telles sont les différentes formes que le système de l'unité absolue a prises.

Or toutes ces différentes formes nous paraissent préférables à celle de la Philosophie de la
Nature ; car elles admettent un être existant
avec de véritables attributs, et la Philosophie
de la Nature n'admet que l'existence absolue
et unique, sans prononcer sur ses attributs,
sans dire ce qu'elle est, sans oser même l'appeler du nom d'Être.

Il faut admettre quelque chose de nécessaire
et quelque chose de variable ; mais ce qui est
nécessaire étant immuable, comment ce qui
est variable peut-il dériver, ou résulter de ce
qui est nécessaire, et comment ce qui est nécessaire peut-il enfanter ce qui est variable ?
Cette difficulté est la même dans tous les systèmes. Ceux qui admettent un Dieu personne,
créateur de l'Univers, ne savent comment expliquer la création dans le temps, ni comment
concevoir la création de toute éternité. Ceux
qui n'admettent qu'une substance, ou simplement l'être, ne savent comment expliquer les
manifestations successives de l'être dans les
existences, ni que faire de ces existences.

Ce qui existe nécessairement, c'est ce dont
la non-existence implique contradiction. L'existence peut-elle se concevoir sans que l'on
joigne à l'existence quelque chose qui existe ?

Et si quelque chose existe, ce qui existe a des attributs; s'il a des attributs, il existe d'une manière déterminée; s'il existe d'une manière déterminée, cette manière est nécessaire, car cet être existe nécessairement; et, comme l'existence est inséparable d'un certain genre d'existence, ce genre d'existence est, dans ce cas, aussi nécessaire que l'existence même. Si ce genre d'existence est nécessaire, il est immuable; comment donc concevoir que l'être produise ou enfante, dans un temps, ce qu'il ne produisait ou n'enfantait pas dans un autre?

Aujourd'hui les auteurs des nouveaux systèmes raisonnent différemment. Ils disent : Ce qui existe d'une manière déterminée, existe d'une manière limitée; ce qui est limité, n'existe pas réellement; ce qui n'existe pas réellement, est incompatible avec l'existence infinie et absolue; c'est-à-dire l'existence infinie et absolue n'existant pas d'une manière déterminée, on ne peut rien affirmer d'elle; il y a d'autres existences qui existent d'une manière déterminée, et par cela même, elles n'ont pas de réalité. Ces deux propositions sont tout le résultat de ce système. Il se réduit donc à cette absurdité : Il y a des existences finies, déterminées, sans réalité; et une existence ab-

solue, infinie ; mais dont on ne peut rien affirmer et rien nier, et qui n'est que le *rien* absolu.

D'ailleurs la grande difficulté, comment un
être absolu et infini peut-il créer quelque chose
de fini, subsiste dans ce système comme dans
les autres. On ne saurait nier l'existence apparente et transitoire des êtres finis ; il faut donc
toujours établir des rapports entre le fini et
l'infini. Or il est tout aussi inconcevable, comment un être absolu et infini peut se manifes-
ter par des existences finies, qu'il l'est de savoir, comment un être absolu et infini peut
créer quelque chose. Dans tout système, où
l'on refuse à l'être infini la personnalité, et où
on la refuse également aux intelligences finies,
du moins dans un sens éminent et réel, on ne
peut rien affirmer de l'être infini, on ne peut
expliquer le moi des êtres finis, on flotte entre
une existence absolue qui n'est pas un être, et
qui a tout-à-fait l'air d'être une notion, et des
existences apparentes, transitoires, qui ne
sont pas non plus des êtres, et qui cependant
ont tout-à-fait l'air d'être réels.

On ne peut concevoir, ni quel est le point
de départ de cette philosophie ; puisqu'à l'entendre, le moi n'est qu'une vapeur, ni
quel est son point d'arrêt ; puisqu'on y arrive

bien à l'existence, mais non pas à un être.

Si vous voulez ôter toute espèce de réalité au monde sensible, et nier, en bon idéaliste, qu'il y ait une différence essentielle entre les sensations, et les représentations de l'imagination, je le veux bien, mais à condition que vous m'expliquerez pourquoi je fais, comme vous, et pourquoi vous faites, comme moi, une différence entre ces deux genres de représentations. Si vous voulez enlever toute réalité transcendante aux phénomènes du sens interne, et à la succession que j'éprouve au-dedans de moi ; j'y consens encore ; mais si cette succession que j'éprouve n'est pas réelle, expliquez-moi ce que c'est que cette apparence, et comment elle naît en moi. Si vous voulez me dépouiller tout-à-fait, et m'ôter le moi lui-même, qui s'est dépouillé volontairement, ou s'est laissé dépouiller jusqu'ici, et qui paraît avoir constaté son existence, par cette abnégation même ; je ne vous dirai pas comme Sosie à Mercure :

> . . . . dis-moi donc qui tu veux que je sois ;
> Car encor faut-il bien que je sois quelque chose !

Mais je vous dirai : qu'est-ce qui existe donc, si ce qui sent, juge et renie sa propre existence, n'existe pas réellement ? Je me résigne à être anéanti, mais je demande du moins que vous me prouviez, avec la plus grande évidence, que vous n'anéantissez pas tout en m'anéantissant, et qu'en me refusant la réalité, vous laissez encore subsister de la réalité quelque part.

Le fait est que, par la pensée, nous saisissons l'Univers, ou la totalité des existences, et que, par le moi, nous avons la conscience de la pensée. Or, ou bien nous n'avons dans notre philosophie, aucun point d'appui, ou le moi est le point d'appui et le point central de tout ce que nous connaissons, et de tout ce que nous pouvons connaître. Comment peut-on donc parvenir à des connaissances qui nous obligent à nous anéantir nous-mêmes en anéantissant le moi; car, s'il n'a point d'existence réelle ni de certitude, comment ce qui n'existe pour nous que par lui, et en lui, existerait-il d'une existence réelle? Supposez que nous ne connussions le monde sensible que par un miroir qui le réfléchît; serait-on jamais fondé à refuser toute réalité, toute existence au miroir, et à l'accorder au monde sensible? ou, ce qui serait plus fort encore, à emprunter du monde sensible, que nous ne connaîtrions que par le miroir, les argumens par lesquels nous refuserions au miroir l'existence et la réalité.

Ou le moi et l'Univers, l'existence individuelle et l'existence universelle, sont également des fantômes, et il n'existe rien, ou le moi et l'Univers existent réellement. C'est d'une manière immédiate que je sais que le premier existe; et le second n'existe pour moi que d'une manière médiate. Car je sens mon existence individuelle, et par elle l'existence universelle ; mais ce qui existe médiatement, ne saurait jamais avoir plus de réalité que ce qui existe immédiatement. L'existence universelle ne peut donc frapper de nullité l'existence individuelle.

Ces difficultés ne se présentent, dit-on, que dans la méthode analytique ; ces raisonnemens n'ont de force que lorsqu'on part, dans la philosophie, de ce qui est. La méthode synthétique procède tout autrement ; elle nous permet de faire abstraction de ce qui est, et de nous placer de prime abord au sein de l'existence absolue et universelle.

Cette différence entre la méthode synthétique et la méthode analytique, est plus apparente que réelle. Du moins, ne peut-on pas dire que ce soient deux méthodes. Isolées, elles ne mènent pas au but ; leur union fait leur force. Au premier coup-d'œil, comme dans la synthèse, on compose, et que, dans l'ana-

lyse , on décompose ; on paraît plus actif dans
la première , plus passif dans la seconde , dans
celle-ci plus lié , dans celle-là plus libre. On a
l'air de créer dans la synthèse, de recevoir
dans l'analyse , ou d'élaborer simplement ce
qui nous est donné. Cependant cette différence
n'est pas à l'épreuve de l'examen. Le premier
fait d'où la synthèse part, est-il produit, ou est-
il donné ? Voilà le point décisif. S'il est
produit , il s'agit de savoir ce qu'on produit en
le produisant ; car cet acte pourrait être arbitraire ou illusoire, un jeu de l'imagination , ou
un phénomène dénué de toute consistance et
de toute réalité. Le fait dont la synthèse part ,
est toujours donné ; il ne peut être donné que
par le moi, et dans le moi ; il ne saurait avoir
plus de réalité que le moi lui-même.

Entre la philosophie de la nature et les systèmes qui lui ressemblent , d'un côté , et le
théisme, de l'autre , il y a la même différence
qu'entre le contradictoire et l'incompréhensible. Cette philosophie nie la réalité des êtres,
et leur substitue l'existence dans le sens le plus
absolu et le plus vague. Elle est par-là même
en contradiction ; avec la personnalité de
l'homme , qu'elle ne peut ni faire disparaître,
ni expliquer : et avec la réalité du monde sen-

sible, qu'elle nie dans le sens transcendant du
mot, sans détruire en nous, et sans nous faire
comprendre comment ce phénomène existe,
et comment il arrive qu'il nous donne le sentiment de la réalité. Cette philosophie est encore
en contradiction avec la notion de l'Être absolu ;
car, comme elle lui refuse la personnalité, et
qu'elle n'affirme rien de lui, elle remplace l'être
par l'existence, et vaporise en même temps
l'Univers et Dieu. Le théisme laissant subsister l'Univers, sans prétendre que les êtres
soient toujours ce qu'ils nous paraissent être,
conserve à l'homme la personnalité, l'accorde
à l'Être absolu, qui est le principe des existences, et le distingue de l'Univers. Sans doute
il ne comprend pas l'Être absolu, ni la nature
intime du moi, ni celle de l'Univers ; mais il
n'est pas en contradiction avec les faits primitifs, il ne prétend pas expliquer comment
l'Être absolu et nécessaire a produit les existences, ni dans quels rapports d'action et de
passion, ou d'action réciproque, elles se
trouvent avec lui. Mais cette difficulté est la
même dans tous les systèmes, et du moins, le
théisme, en parlant de Dieu comme d'un être
véritable, rend l'explication possible, et en
conservant à l'homme sa personnalité, et à

l'Univers de la réalité, il ne détruit pas le fait même qu'il s'agit d'expliquer, et qui sert de base à toute la philosophie.

Dans la haute philosophie, comme dans toute espèce de recherches, il faut sans doute éviter ce qui est contradictoire; mais il ne faut pas même tenter d'éviter ce qui est incompréhensible, car y prétendre, ce serait tomber dans une véritable contradiction. La principale source de l'incrédulité est la prétention de vouloir comprendre Dieu et l'Univers; c'est vouloir les assujétir au foyer d'un mauvais microscope pour mieux les observer. Rien de plus ridicule que de croire qu'il y a un point de vue, dans lequel on pourra comprendre ces énigmes. Est-on plus près de la notion de l'Éternel, quand on entasse des millions de siècles les uns sur les autres, que lorsque l'on compte des années? Est-on plus près de l'absolu, quand on fait abstraction de certains rapports? La perfection de la raison humaine consiste à s'arrêter sur les limites de la raison, et à ne pas voir la raison *dans les raisonnemens seuls*. En suivant la voie du raisonnement, on arrive nécessairement à un dernier terme où, sous peine de ne rien comprendre, il faut admettre l'incompréhensible, et où il ne s'agit

II.   5

plus de prouver l'incommensurable, l'infini, mais où il devient un article de foi philosophique.

Au fond, on ne peut comprendre que ce qui est fini. Car qu'est-ce que comprendre? C'est, ou saisir un objet tout entier, avec toutes ses qualités, ou voir les effets dans les causes; ou juger de quelque chose qui est hors de nous, par ce qui se passe en nous.

Or, on ne saurait ni embrasser l'infini, ni le voir autrement qu'en lui-même, puisqu'il est l'inconditionnel et l'absolu; ni le juger par analogie avec nous-même, car l'infini ne peut jamais ressembler au fini. Ainsi, vouloir comprendre l'Univers, suppose que l'on peut comprendre l'absolu; et, comprendre l'absolu, est une chose impossible et contradictoire. Nous avons les deux termes extrêmes de la science, le conditionnel et l'inconditionnel, le fini et l'infini, l'Univers et Dieu, mais, entre ces deux extrêmes, il y a un abîme que rien ne peut combler.

L'Univers sans un Dieu personne, ou le système : Tout est Dieu, me paraît une absurdité; c'est une succession d'évènemens sans un principe immuable. Dieu sans l'Univers, c'est une contradiction secrète; c'est l'inconditionnel sans êtres conditionnels. L'Univers et Dieu, c'est un mystère impénétrable.

Le premier de ces trois systèmes est le système des panthéistes : ils admettent une conséquence sans principe, et un effet sans cause. Le second est celui des unitaires absolus, qui disent : Dieu est tout; qui reconnaissent une cause sans effet réel, un principe sans véritable conséquence, et qui le reconnaissent par-là même sans nécessité. Car, si l'Univers n'est pas réel, pourquoi et à quel titre reconnaître un principe absolu? et si le problème n'est rien, à quoi bon une solution infinie? Le troisième est celui des théistes, qui ne nient pas la réalité des êtres conditionnels, et qui proclament la nécessité de l'être inconditionnel, sans prétendre expliquer comment Dieu a produit l'Univers, et qui ne prétendent pas même déterminer, avec une précision rigoureuse, dans quels rapports ils existent ensemble.

Je le sais, les philosophes que nous combattons, et auxquels nous opposons l'existence du moi et de l'Univers, nous répondent : Vous nous attaquez par les faits, et nous n'en tenons aucun compte; nous partons des notions, et nous prouvons tout par elles. Vous prenez pour base ce qui est, nous prenons pour base ce qui

peut et doit être. Empruntez notre point de
vue, employez nos armes, placez-vous sur le
même terrain que nous, et vous aurez les mêmes idées. — Mais est-ce un point de vue que
celui que vous avez choisi, et avez-vous un
véritable terrain ? Que sont vos notions, si
elles ne sont des faits intimes du moi ; et si elles
sont autre chose, dites-nous d'où elles vous
sont venues, et ce qu'elles signifient ? Ce qui
peut, et doit être ; ne vous est-il pas lui-même
connu par le sens intime ; et, si cela n'est point,
êtes-vous sûrs que ce qui, selon vous, peut et
doit être, puisse et doive être en effet ?

Il est certain que, pour s'attaquer et se combattre avec quelque apparence de succès, ou
plutôt pour amener une décision quelconque,
il faut se battre sur le même terrain que son
adversaire, c'est-à-dire, partir des mêmes
principes ; mais cela n'est admissible qu'autant
que votre adversaire a des principes, et qu'il
repose sur un véritable terrain. Souvent on
prend un nuage qui se forme au bas de l'horizon pour la terre, un sol mouvant pour un
sol stable, de l'algue flottante, ou un marais
florescent pour une base sûre. Il ne s'agit pas
alors d'aller s'exposer au même danger que
notre adversaire, en nous plaçant aussi mal

que lui, mais de l'avertir qu'il se fait illusion
sur la nature de son point d'appui.

Or, je le demande, est-ce un véritable point
d'appui, que de partir de l'absolu et de l'unité,
de poser en fait que la véritable science peut
et doit être notre partage, et que cette science
consiste à proscrire toute espèce de pluralité,
et même de dualisme; d'admettre l'existence
universelle et infinie, et d'en déduire la multitude des phénomènes qui constituent l'Univers; de refuser la réalité à ceux-ci, et de
l'accorder exclusivement a celle-là? Ne faut-
il pas, avant d'admettre cette pétition de principes, comme un principe, ou plutôt, afin de
convertir cette pétition de principes en principe, répondre aux questions suivantes : D'où
nous viennent les notions d'absolu et d'unité?
Où les trouvons-nous? Quelle est leur nature
et leur valeur? Comment déduire la dualité de
l'unité, et la pluralité des relations de l'absolu?
Quelle réalité accorde-t-on à l'existence universelle, et quelle réalité refuse-t-on à l'Univers et au moi?— Tant que ces questions ne
sont pas résolues d'une manière satisfaisante,
on procède arbitrairement dans la philosophie,
on contredit les faits, ou du moins, on ne les
explique pas.

Il est extrêmement commode de refuser toute
espèce de réalité à l'Univers et au moi, et de
n'en accorder qu'à l'être ou à l'existence ; de ne
pas s'amuser à comprendre les premiers, et de
s'imaginer avoir tout dit de l'autre, quand on
a prononcé ce mot. Mais, de bonne foi, est-ce
là un système ?

Si la philosophie consiste à tout expliquer,
on a raison d'exiger des philosophes, qui se
placent dans le point de vue de la réflexion,
d'expliquer les relations par quelque chose
d'absolu, les antithèses par une thèse première,
et de ramener la dualité à l'unité. Mais on peut
aussi exiger de ceux qui se placent dans le
point de vue de l'absolu, de déduire toutes les
dualités de l'unité, et toutes les relations de
l'absolu. Et, tant qu'on ne l'a pas fait, le système n'a pas même de prix comme hypothèse,
et ne supporte pas l'examen.

Croit-on avoir tout dit en affirmant que ce
qui est conditionnel n'existe pas dans le sens
éminent du mot, et que l'inconditionnel existe
seul véritablement, parce qu'il existe par lui-
même ? Encore faudrait-il du moins parler de
l'inconditionnel comme d'une substance, et
lui attribuer certaines qualités ; il faudrait en
parler comme d'un être, et l'on n'en parle que

comme du substantif le plus métaphysique.
Mais alors on se rapprocherait du spinosisme,
et c'est ce qu'on veut soigneusement éviter,
non-seulement pour faire preuve d'originalité,
mais encore pour se soustraire aux difficultés
que présentent les attributs dont Spinosa in-
vestit sa substance unique, attributs qui sont
la pensée et l'étendue.

Cependant même, en devenant spinosiste,
on n'en serait pas beaucoup plus avancé ; car
il resterait toujours à prouver qu'il n'y a qu'une
seule substance, et à expliquer la réalité apparente du moi humain, et celle de l'Univers.
Spinosa n'y a pas réussi, et tous les spinosistes
avoués et les crypto-spinosistes n'y ont pas
mieux réussi que lui, car Spinosa a fait les
seuls raisonnemens qu'on puisse faire pour appuyer ce système. Il est parti de ce principe de
la philosophie cartésienne : Tout ce que l'on
conçoit seul, sans que l'on ait besoin de quelque chose d'autre pour le concevoir, est une
substance ; tout ce que l'on ne conçoit pas
seul, est une modification de la substance.
Spinosa n'a ajouté qu'un mot ; mais ce mot est
essentiel, et change tout-à-fait la nature du
principe.

Il a dit : Tout ce dont on conçoit l'*existence*,

sans qu'on ait besoin de quelqu'autre chose
pour le concevoir, est seul une *substance*. De
là il a conclu qu'il n'y a qu'une seule substance,
et que tous les êtres de l'Univers ne sont que
des accidens de cette substance. Mais il fallait
séparer entièrement l'existence de la substance,
et dire : Tout ce qui, dans la pensée, peut être
conçu seul, sans le secours de quelqu'autre
chose, est une substance.

Que l'existence soit donnée ou non donnée,
conditionnelle ou inconditionnelle, la substance est toujours ce qui porte tout, et n'est
porté par rien, ce qui peut être représenté et
conçu indépendamment de toute autre idée. Il
ne résulte donc pas de la simple notion de la
substance qu'elle existe, et qu'il ne puisse et
ne doive y en avoir qu'une seule.

En partant de sa définition gratuite de la
substance, et en n'admettant qu'une seule
substance, Spinosa était obligé d'expliquer
d'une manière satisfaisante et la réalité de l'U-
nivers sensible et l'individualité. Il ne suffisait
pas de nier l'une et l'autre, ni de dire qu'elles
sont incompatibles avec la notion de la substance. Car on ne peut révoquer en doute qu'il
existe une réalité apparente; et, de quelques
principes que l'on parte, il faut concilier avec

eux cette réalité apparente, et même il faut
l'expliquer.

Mais il y a en effet de la réalité dans les idées.
Non-seulement pendant que nous avons des
représentations, nous en avons la conscience,
et ce sentiment ne nous permet pas de douter
que nous ne les ayons; mais ce qui prouve que
ces idées ont même une réalité objective, c'est
qu'il ne dépend pas de nous d'en faire ce que
nous voulons, et il en est qui ont quelque
chose d'immuable et d'indépendant de nous.
De plus, il y a encore une différence, entre la
représentation idéelle d'un cercle dont les caractères nous sont donnés par la notion même
du cercle, et la représentation que nous plaçons, et que nous voyons hors de nous. Je sais
bien qu'en supposant que ces représentations
soient toutes deux réelles, l'une a cependant
une réalité différente de l'autre, pour ne pas
dire supérieure à l'autre, et qu'il n'est pas facile de dire en quoi cette différence consiste;
mais en supposant qu'on nie la réalité de l'une
et de l'autre, il est bien plus difficile encore
d'expliquer le fait de ces apparences, de montrer pourquoi elles nous paraissent réelles, et
de distinguer même d'une manière précise, le
fait de la réalité apparente, de la réalité réelle.

On ne gagne donc rien à partir d'une notion, comme l'a fait Spinosa, comme l'ont fait après lui tous les panthéistes, et à procéder synthétiquement dans cette grande matière. Sans contredit, l'analyse seule ne signifie rien non plus, et ne mène à rien. Seule, elle est une dissolution qui ne révélera pas le mystère des existences. Par la synthèse, vous n'arrivez jamais à une variété quelconque, bien moins encore à l'immense variété des êtres qui composent l'Univers, et vous allez échouer contre les existences individuelles. Par l'analyse, si vous vous abandonnez à elle seule et voulez toujours analyser, vous n'arrivez jamais à une unité quelconque.

Cependant la vie est une, l'homme est un. Détruire un être pour le connaître, est aussi peu le moyen d'arriver au but, que de construire l'être arbitrairement. En combinant la synthèse et l'analyse, on arrive à un fait primitif, qui reste sans doute incompréhensible, et qui offre des élémens dont on ne peut déterminer avec précision les rapports réciproques; mais du moins, la philosophie obtient de cette manière un point fixe; et il me semble qu'une grande difficulté, ou un grand problème insoluble, consistant dans un fait, vaut mieux qu'une solution universelle qui ne repose sur rien.

Originairement, et avant toute autre chose, nous sommes donnés à nous-mêmes ; et avant que la philosophie ait observé, examiné, classé, distingué les représentations, nous ne sommes pour nous-mêmes qu'un faisceau, ou plutôt un chaos de représentations de tout ordre. L'analyse, en passant toutes ces représentations au creuset ou à la coupelle, les ramène, toutes ensemble, à la thèse première du moi ou de la conscience. Cette thèse elle-même présente une antithèse du sujet et de l'objet, de l'homme et de la nature, de la liberté et de la nécessité. Cette antithèse est aussi ineffaçable que la thèse même qui la porte ; mais comme les deux élémens qui se supposent l'un l'autre, sont tous deux conditionnels relativement à leur existence, cette antithèse conduit à l'idée d'un être inconditionnel et absolu ; et cet être, combiné avec les deux termes de l'antithèse, les produisant et les unissant dans sa nature incompréhensible, comme les conséquences sont unies avec, et dans leur principe, nous donne une synthèse qui est le dernier terme de toute philosophie.

Le Moi, l'Univers, et Dieu ; le Moi nous

donnant l'Univers, l'Univers et le Moi nous
donnant Dieu ; l'unité mystérieuse de Dieu ,
nous offrant le principe de l'Univers et du moi ;
Dieu la réalité suprême, donnant la réalité à
l'Univers et au moi , sans qu'on puisse jamais
espérer de déterminer comment il la leur a
donnée, comment il la leur conserve, quels
sont les rapports de dépendance où ils se trouvent vis-à-vis de lui , et en quoi leur genre de
réalité diffère de la sienne : — Tel sera le résultat de toute philosophie, qui voudra aussi
peu d'une base sans édifice , ou d'un édifice
sans couronnement , que d'un édifice et d'un
couronnement sans base.

Dans tous les systèmes sur l'Univers, il y a
des difficultés inextricables et des énigmes insolubles ; mais du moins, dans la philosophie
dont nous venons d'indiquer les fondemens,
on conserve les êtres, et on admet l'Être par
excellence ; tandis que , dans les autres, on a
des ombres et un substantif pour résultat. Dans
cette philosophie, on n'explique pas les faits,
mais on ne les contredit pas ; et sans avoir la
chaîne qui unit le conditionnel et l'inconditionnel, on tient les deux bouts de cette chaîne.
On admet la variété et l'unité sans sacrifier
l'une à l'autre, et sans prétendre connaître

comment l'une produit l'autre; on ne fait pas disparaître la variété pour avoir une unité sté- rile, dénuée d'attributs, et en contradiction avec tout ce qu'on espérait de comprendre en essayant de l'établir.

CONSÉQUENCES MORALES ET PHILOSOPHIQUES.

Le théisme, qui distingue l'Être infini et ab- solu : *Dieu*, de l'Univers, qui lui accorde la personnalité, qui l'accorde de même aux hom- mes, qui ne refuse pas la réalité au monde sensible, sans pourtant placer toujours cette réalité dans les qualités et les caractères des objets que les sens nous transmettent, établit, entre Dieu et l'homme, des rapports et des sen- timens de religion, tels qu'ils doivent exister entre un être fini, et un être infini. Dans le système qui se réduit à ces deux propositions : Le fond réel de toutes les existences passagères apparentes est une existence vague, qui n'est ni apparente, ni passagère, ni relative, ni con- ditionnelle : Toutes les existences apparentes ne sont que des manifestations de cette exis- tence, et vont s'abîmer en elle, — il ne peut point être question de religion.

L'existence absolue n'étant pas un être, bien

moins encore une personne, dans le sens strict
du mot, on ne peut, dans ce système, sans
abuser des termes, parler de Dieu, du plan de
l'Univers, de rapports, d'immortalité. Comment peut-on appeler *Dieu*, l'existence universelle, dont on ne peut rien dire; si ce n'est
qu'elle existe, et qu'elle se manifeste? Comment parler d'un plan de l'Univers, là où les
existences passagères dérivent nécessairement
de l'existence universelle; où tout existe, parce
que tout existe, ou plutôt où tout paraît exister,
et où il n'existe véritablement que l'existence
universelle et absolue? Quels rapports réels
peut-il exister, entre l'abstraction la plus pure,
la plus subtile, et de vaines apparences? En
quoi peut consister l'immortalité, là où il n'y a
ni véritables individus, ni force propre, active, réelle, ni personnalité, ni liberté?

Sans doute, l'existence absolue existera toujours, et toujours il en existera aussi des manifestations quelconques. Mais ces manifestations
ne sont que des vagues de l'existence universelle, qui s'effacent l'une l'autre sans laisser de
traces, et l'absolu, comme Saturne, dévore
tous ses enfans? Comment donc peut-on s'exprimer avec respect, attendrissement, et un
saint enthousiasme sur l'Infini, dans un système

où l'infini n'est pas la perfection infinie, mais une vaste et immense vapeur, qui n'offre point de bornes à l'imagination, point d'objet à la pensée, et qui ne peut inspirer qu'un sentiment de tristesse et d'effroi ! Sans doute, le désir, le besoin, l'amour de l'Infini, reste toujours un trait distinctif de la nature humaine, quelle que soit la philosophie qu'on embrasse, et c'est ce besoin ineffaçable de l'homme auquel on s'adresse, en tenant dans la nouvelle philosophie un langage que j'appellerais volontiers le mysticisme de l'athéisme. Mais, si le sentiment de l'Infini n'est pas la preuve de l'existence réelle de la personnalité de l'homme et de celle de Dieu, ce n'est qu'une triste et scandaleuse anomalie de la nature humaine.

Sans doute, l'amour de l'infini est le véritable feu sacré de la terre ; sans cet amour, tout est stagnation, pourriture et mort. Mais ce sentiment serait le tourment de l'ame qui le reproduit toujours, si l'ame ne voyait en lui les titres de sa propre excellence, de son origine et de sa destination, et si, réelle elle-même, elle ne pouvait pas s'avancer vers l'Être infini pour s'unir à lui plus étroitement. Alors la nature universelle des corps ne serait plus, à l'ame humaine, ce que la musique instrumen-

tale est à la voix humaine : un grand , magnifique et éternel accompagnement ; la poésie et
les arts , un emblème de l'infini , revêtu de
formes sensibles et finies. Le silence de la mé-
ditation ne serait plus sublime ; car l'ame ne
s'entendrait ; ne se saisirait plus elle - même
dans le recueillement de la pensée , et ne saisirait par conséquent plus la pensée universelle , qu'elle ne peut saisir qu'en se distinguant d'elle.

Dans le système de l'unité absolue, l'homme
qui produit l'idée de l'infini , pour son tourment , et pour nourrir le jeu barbare d'une
philosophie qui l'anéantit , ressemble à Prométhée enchaîné sur le Caucase, et dont un
vautour vient dévorer le cœur, ce cœur qui
renaît et qui repousse toujours , pour prolonger
et renouveler ses douleurs. Dans le système de
l'unité absolue , Dieu paraît jouer un grand
rôle ; mais c'est un rôle à peu près comme
celui que jouait le roi chez certains peuples, et
dans certaines constitutions, où l'on parlait
beaucoup de lui , tout en le détrônant , et où
la démocratie pure existait sous le nom de la
monarchie , et régnait avec d'autant plus de
sûreté, qu'elle régnait sous un nom emprunté.

Ramener tout à la vie universelle, à l'Être

absolu et infini, et vouloir que tous les êtres individuels, toutes les existences particulières, n'existent que pour lui, et pour le plan de l'Univers, et s'abîment volontairement dans cette atmosphère aussi pure qu'étendue, c'est supposer l'absence de la personnalité du cœur, c'est-à-dire de l'égoïsme. Faire triompher cette doctrine, c'est le combattre et le faire disparaître. Mais étendre cette doctrine jusqu'à prêcher l'abnégation totale de la personne intellectuelle, de la personne proprement dite, c'est non-seulement ôter à la philosophie tout espèce de point d'appui, c'est encore inspirer la plus profonde indifférence pour toutes les existences particulières, et, en général, pour toute sorte d'intérêt déterminé; et comme cet état est un état forcé, contraire à la nature, et par-là même peu durable, on retombe bientôt du sein de la vie universelle, dans les misères de l'égoïsme; et on s'y repose avec complaisance.

La philosophie de la nature n'est pas moins contraire aux progrès des sciences physiques, qu'aux progrès de l'esprit public et de la moralité. L'idéalisme transcendant est moins dangereux pour les sciences qui reposent sur l'observation et sur l'expérience, que cette philosophie. L'idéalisme est un rêve ingénieux et

II. 6

conséquent, placé en arrière ou au-dessus des sciences, qui n'arrive pas jusqu'à elles et ne les touche pas, de crainte de se mésallier et de se compromettre. Il n'essaie pas même de descendre de ces hauteurs pour expliquer les phénomènes généraux de la nature; prenant aussi peu connaissance des sciences, que les sciences prennent connaissance de lui; ils marchent ensemble comme le mécanisme social marche à côté de certaines théories politiques qu'il ignore et qui le méprisent trop pour essayer de s'appliquer à lui.

La philosophie de la nature menace directement les sciences naturelles, parce qu'elle prétend prouver la vérité et la fécondité de ses principes, en construisant arbitrairement et en produisant à son gré la nature phénoménique. A la vérité, la marche qu'elle suit, et les moyens qu'elle emploie, dans cette entreprise, ne la recommandent pas. Elle s'est élevée à l'unité absolue par l'abstraction la plus subtile; elle descend aux phénomènes généraux par l'imagination la plus déréglée. Mais comme, en s'élevant, elle a oublié les degrés par lesquels elle est montée, et s'est persuadée que ce qu'elle avait laissé de côté, dans ses abstractions progressives, avait cessé d'exister, de

même, en descendant, elle croit créer les phénomènes, et elle ne fait que les rencontrer.
Elle trace le roman de la nature avec des personnages historiques, et ce roman ne rend pas
raison de l'existence de la nature. Elle n'imagine pas les faits, mais elle les trouve; et ne
pouvant les nier, elle s'imagine les *imaginer*,
comme elle s'imagine les expliquer. Quelque
facile qu'il soit de pénétrer la nullité de cette
méthode, elle égare les jeunes gens, en flat-
tant à la fois leur paresse d'esprit et leur orgueil; et elle séduit les savans eux-mêmes par
sa fausse simplicité.

Cependant, si la véritable métaphysique
était trouvée, la bonne physique devrait être
en harmonie avec ses principes, et, en dernière
analyse, s'appuyer sur elle. Une vue totale,
une vue de l'ensemble, une vue de l'univers
devrait ressembler à ce qu'on nomme, dans
les calculs, une somme totale. Cette somme
comprend toutes les sommes particulières, tous
les nombres, toutes les unités, toutes les frac-
tions. De même, toutes les existences individuelles, tous les objets particuliers devraient
se trouver compris et réunis dans la vue générale de l'Univers, et l'on devrait, au besoin,
pouvoir les y retrouver et les en déduire. Il

n'y a rien de plus simple que l'unité ; mais l'u-
nité parfaite ne contient rien, ne donne rien,
et ne somme rien.

Comme système, la philosophie de la nature
ne porte donc pas son évidence en elle-même,
et n'est pas démontrée ; comme hypothèse, elle
présente, pour l'explication de l'Univers, et
du moi, les mêmes difficultés que les autres
systèmes, et elle en présente de plus grandes
qui lui sont particulières. Le règne de ce système amènerait cette stagnation des esprits qui
dans le monde est inséparable du despotisme
des idées. Il ne faut pas cesser de faire des essais de dogmatisme en fait de philosophie ;
mais il ne faut pas croire que ces essais puissent jamais former une autorité irréfragable,
bien moins être, pour toutes les intelligences
humaines, une constitution. Un système de
métaphysique ne peut jamais être qu'un gouvernement provisoire ; quand il prétend à une
dictature perpétuelle, il faut que l'insurrection en fasse justice ; et, dans cet ordre de
choses, elle est le plus saint de tous les devoirs.

La philosophie critique de Kant, quelles que
soient ses imperfections, avait donné aux esprits une direction qu'il importe de leur con-

server. C'était une espèce d'interrogatoire sévère, adressé à toutes les idées, et assez semblable à celui qu'on fait subir aux voyageurs à l'entrée des grandes villes : Qui êtes-vous? d'où venez-vous? où allez-vous? Ne pas vouloir tendre au système, c'est marcher sans avancer, c'est courir dans tous les sens au hasard, c'est faire des préparatifs sans objet. Avoir un système, c'est rester au même point et tourner sur soi-même; c'est manquer le but, parce qu'on croit y être. Le seul moyen de salut, c'est de tendre au système sans prétendre le posséder définitivement, c'est d'adopter ou de créer une vue de l'Univers, qui donne de l'unité aux idées, ou permet de les y ramener; c'est en un mot de rester toujours disposé à changer de point de vue. On ne doit ni vivre en nomade, ni être attaché à la glèbe.

En général, il faut bien distinguer, entre *la* philosophie, *une* philosophie, et l'esprit philosophique.

La philosophie serait la science des principes, l'esprit philosophique est le talent naturel ou acquis, de ramener toutes les idées à des principes; une philosophie est une certaine vue ou une certaine exposition des principes.

Comme ces principes ne doivent pas être des

formules logiques, mais des principes réels,
et qu'on ne peut en admettre de supérieurs à
eux, il est clair que la science des principes
doit être la science de l'absolu. Cette philosophie est la science que l'on cherche, et non la
science qu'on possède. Il faut tendre aux principes et aux existences. Si les uns et les autres
ne nous étaient pas donnés, on n'y arriverait pas
par la voie de la démonstration. On ne doit jamais oublier qu'on ne peut pas se placer au-
dessus, ou du moins, hors de la science humaine, afin de la juger.

Une philosophie ne peut jamais être qu'une
certaine vue de l'Univers, à laquelle il manquera toujours l'universalité, et la certitude
absolue. La donne-t-on pour quelque chose de
plus qu'une vue de l'Univers, elle devient contraire à la philosophie ; car elle devient un ob-
stacle au mouvement de la pensée, et cesse d'en
être le principe. L'esprit philosophique est le
moyen de chercher toujours les principes, de
quelque point des connaissances humaines que
l'on parte, et il consiste éminemment dans une
grande aptitude à décomposer et à recompo-
ser les idées.

ESSAI

SUR LE SUICIDE.

L'HOMME est le seul être connu qui ait des idées, et qui par conséquent ait celles de la vie et de la mort. Les animaux sentent la vie sans la connaître, en jouissent sans l'observer et sans la juger, la perdent sans le prévoir et sans le savoir.

L'homme est donc aussi le seul être connu qui puisse aimer la vie et craindre la mort, ou mépriser la vie et désirer, vouloir, chercher et trouver la mort.

Le suicide, ou l'acte volontaire et violent par lequel l'homme rompt les liens qui l'attachaient à la nature sensible, est une des actions dont l'homme seul est capable, et qui paraît changer de nature, selon le jugement que l'on porte de la vie, et surtout dé la destination de l'homme.

On a beaucoup parlé et beaucoup écrit pour et contre le suicide. On l'a défendu, et l'on a voulu le justifier par de mauvaises raisons; on l'a attaqué et condamné par de plus mauvaises raisons encore. La pitié a égaré ses apologistes, on dirait, à les entendre, qu'un homme malheureux ne saurait être criminel : un zèle peu éclairé a souvent entraîné trop loin ses adversaires; ils ont paru craindre que tout le monde ne désertât la société, si l'on ne pouvait prouver que le suicide est le plus grand des crimes. On croirait, à voir leur sainte frayeur, que la raison seule attache les hommes à la vie, et qu'ils se tueront à la suite d'un raisonnement.

Un écrivain ingénieux et profond a prétendu qu'il était très inutile d'examiner, si les principes qui servent de règle aux actions humaines, permettent, ou défendent le suicide. Selon lui, l'homme qui se tue, ne sait ce qu'il fait; il est dans le délire de la passion ou dans l'aliénation de la douleur, dans un état où il n'est plus capable de se juger lui-même ni l'action qu'il va commettre, et où les raisonnemens n'ont plus de prise sur lui.

Dans ce point de vue, il n'y a jamais eu de suicide réfléchi, calme, de sang-froid. J'inclinerais assez à le croire. Du moins est-il certain

qu'on ne peut jamais affirmer avec certitude
qu'un suicide ait eu ce caractère. A cet égard
les apparences et les dehors ne prouvent rien,
et la raison en est toute simple. On peut mé-
diter un suicide long-temps d'avance, et de
sang-froid ; il ne s'ensuit pas qu'on le commette
de même. Tant qu'on le voit à distance, quelque
ferme que soit dans un homme la résolution de
se tuer, cette résolution ne signifie rien ; car il
est toujours le maître de l'exécuter, ou non.
Comme il sait qu'il dépend de lui de créer le
danger, il ne doit pas être difficile pour lui
de le considérer avec courage. Ou plutôt, le
danger n'existe que dans le moment de l'action ; et, dans ce moment décisif, on ne peut
ni s'observer soi-même ni observer les autres.

Cependant on ne doit pas conclure de cette
observation, qu'il serait superflu et même dé-
placé de rechercher, si le suicide est quelquefois légitime, ou bien s'il est toujours condam-
nable et réprouvé par la morale. La plupart
des crimes que les passions inspirent, sont les
fruits d'un moment de délire, où la raison,
impuissante et muette, est subjuguée par la
puissance du désir, ou par celle de la crainte.
On peut entr'autres mettre en question, si le
meurtre a jamais été commis de sang-froid?

Quoique les principes ne préviennent pas tous
les crimes, et qu'ils n'aient aucun empire sur
l'homme dans ces accès violens où il est étranger à lui-même, tous les jours on rapproche
ces actions des principes, ou l'on applique les
principes aux actions, pour les juger, les condamner, les punir. On doit faire de même avec
le suicide. Dans le moment où, emporté par
la frénésie de la passion, ou par la force de la
douleur, un malheureux attente à sa vie, les
argumens contre le suicide n'arrêteront pas son
bras levé sur lui-même; mais qui oserait dire
que, dans aucun cas, la conviction de l'immoralité du suicide ne l'ait empêché, en donnant
aux idées, aux sentimens, aux esprits même,
une direction salutaire? et s'il était décidé que
le suicide est une action légitime, ou du moins
indifférente, ne croit-on pas que cette action
serait plus facile et plus commune, et que les
causes qui l'amènent, agiraient avec d'autant
plus de force qu'elles ne rencontreraient aucune
espèce de contre-poids? Quand tous les vices
pourraient et devraient être regardés comme
des maladies morales (ce que nous sommes
bien éloignés d'accorder), encore serait-il utile
de constater que ce sont des maladies, et de ne
pas les confondre avec l'état de santé; et, pour

ne pas être un remède, le régime qui tend à
les prévenir, serait toujours un excellent pré-
servatif.

Toutes les actions des hommes, qui sont
faites sans réflexion, et sans une volonté bien
distincte, appartiennent plutôt à la classe des
évènemens qu'à celle des actions; elles sont
l'effet des circonstances et des agens extérieurs;
elles arrivent à l'homme bien plus que l'homme
ne les produit : elles sortent du domaine de la
liberté et rentrent dans celui de la nature; les
lois de la nature les expliquent, mais les lois
de la liberté peuvent servir à les juger; car
l'homme doit faire de véritables actions, et ne
doit pas permettre que ses actions ressemblent
à des évènemens; et, dès-lors, s'élève naturellement la question : la raison morale défen-
drait-elle ou permettrait-elle cet évènement
comme action? En supposant même que le suicide fût quelquefois un simple évènement, cet
évènement converti en action, serait-il une
action morale?

La vie de l'homme, dit-on, ne lui appartient
pas; et à qui donc appartiendrait-elle? et
qu'est-ce qui appartiendrait à l'homme, si sa
vie même ne lui appartenait pas? La vie n'est
que la condition du jeu des facultés et des

forces ; ou plutôt, la vie n'est que l'activité
même des forces : on ne voit donc pas comment l'homme serait maître de ses forces, s'il
ne l'était pas de sa vie. Or, c'est sur le libre
usage de ses forces que se fondent son existence et ses droits. Son corps est donc, comme
chacun de ses organes, sa propriété ; sa vie est
à lui comme chacun des momens de sa vie :
l'une et l'autre peuvent être considérés comme
de simples instrumens de sa liberté. Aussi
l'homme expose-t-il sans cesse sa vie dans les
travaux périlleux, à la guerre dans tous les
actes de dévouement. Décius et le chevalier
d'Assas vont au-devant d'une mort certaine ;
ils se sacrifient volontairement : on les admire,
et on les admire avec raison.

Le suicide trouble-t-il l'ordre de la nature,
plus que celui qui se dévoue à la mort par patriotisme, ou par tel autre sentiment généreux ?
Pourquoi l'homme dérangerait-il plus l'ordre
de la nature en se tuant, qu'en rappelant à la
vie, par les secours de l'art, celui que la nature allait tuer ? En général, peut-on jamais
opposer, à l'homme, l'ordre de la nature ? Ou
bien il n'est lui-même qu'une partie intégrante
de la nature, et n'appartient pas à un autre
ordre de choses : dans ce cas, toutes les actions

qu'il produit, et comme toutes les autres, celle par laquelle il tranche sa vie, sont des actions naturelles, que les causes naturelles expliquent et amènent nécessairement ; autrement elles n'auraient pas eu lieu. Ou bien l'homme appartient encore à un autre monde qu'au monde physique, il fait partie d'un ordre de choses supérieur, dans lequel règne une autre législation que celle de la nature ; et dès-lors il faut le juger d'après les principes et les lois qui servent de base à cette législation, et non d'après les lois de la nature, qu'il a le droit de modifier, et qu'il modifie en effet tous les jours. L'homme est un enfant de l'art, et cet art consiste à combattre la nature, ou à employer la nature, et à la faire servir aux plaisirs et aux besoins de l'homme. La liberté est souveraine, la nature est sujette ; à chaque instant l'homme produit par sa volonté des effets que la nature, abandonnée à elle-même, ne produirait pas. On ne saurait donc faire le procès au suicide. en disant qu'il trouble l'ordre de la nature ; car elle est faite pour obéir à un ordre supérieur. Il s'agit donc de savoir, si cet ordre de choses permet ou défend le suicide. La loi de la nature humaine est, que l'homme change et modifie tous les êtres, et qu'il se modifie lui-même, autant que le lui permettent la mesure de ses forces, ses convenances, et surtout ses devoirs.

Si le suicide est contraire à la loi morale, il est contraire à la volonté du Législateur suprême; mais il faut prouver la première de ces propositions, avant d'affirmer l'autre : l'ordre inverse par lequel on essaierait de prouver la première par la seconde, est impraticable; car c'est en étudiant les arrêts de notre raison morale, que nous nous élevons à l'idée de la Raison suprême.

D'ailleurs, les êtres intelligens et libres, tels que l'homme, sont les agens de l'Intelligence souveraine, qui n'agit dans le monde moral que par leur entremise. Ils la représentent ; elle leur a donné des instructions dans la raison morale et dans la conscience : tant que leurs actions ne contredisent pas ces instructions, on ne peut les accuser d'entreprendre sur l'autorité de la Providence, de se mettre à sa place, et de dépasser leurs pouvoirs.

Ce n'est pas, non plus, de l'idée d'un état futur, qu'on peut emprunter des armes pour combattre le suicide ; car, si cette action n'est pas contraire à la loi morale, non-seulement l'idée de l'état à venir n'est pas de nature à prévenir le meurtre volontaire de soi-même ; mais elle peut y inviter, et donner une sorte d'intérêt et de charme à cette action. On conçoit qu'un homme, fortement convaincu de l'immortalité de l'ame, et du bonheur qui l'attend dans une autre économie, peut être pressé d'y arriver.

On dira peut-être que, comme il faut que la chenille reste un temps déterminé dans l'état de chrysalide, pour que le papillon sorte brillant du tombeau ; il faut aussi que l'ame soit liée un temps déterminé au corps, pour qu'elle puisse revêtir d'autres organes, et avancer sur l'échelle de la perfection et du bonheur. La nature indique-t-elle ce moment, et le suicide trouble-t-il sa marche ? Il ne paraît pas qu'il y ait un moment pareil ; car on meurt à tout âge. D'ailleurs, l'homme qui se dévoue à la mort par patriotisme, ou par amour pour la vérité, accélère le moment du départ comme le suicide ; si donc dans le système religieux, le suicide n'est pas un crime, ce qui n'entraîne pas des suites funestes dans un cas, ne saurait en entraîner dans un autre. Ce n'est donc pas par ce raisonnement qu'on peut prouver que le suicide est immoral.

On a cru décider la question en examinant

le principe qui détermine au suicide. Les uns n'y ont vu que l'effet de la lâcheté et d'une faiblesse honteuse de caractère ; ils l'ont condamné : les autres y ont vu une preuve de courage , et même d'héroïsme ; ils l'ont approuvé, et même admiré. On pourrait demander à ceux qui emploient cette manière de raisonner : si c'est par les qualités qu'une action suppose dans l'ame, qu'on doit juger de sa bonté intrinsèque? Le principe des actions décide du mérite de la personne ; mais il ne décide pas encore de la rectitude des actions. De plus, dans leur généralité, les deux points de vue du suicide , que nous avons énoncés plus haut , sont également faux : on se tue par force d'ame et par faiblesse, par courage et par lâcheté ; il est des malheurs dans lesquels on s'ôte la vie par crainte de la douleur , et dans ces mêmes malheurs , la crainte de la douleur empêchera d'autres hommes de s'ôter la vie : la même faiblesse de caractère produira deux effets directement opposés. Dans les deux cas , c'est l'instinct qui règne, et qui triomphe. Dans le premier, l'instinct qui fait craindre la douleur , l'emporte sur celui qui attache à la vie ; dans le second , la crainte de la mort l'emporte sur celle de la douleur.

Le suicide est toujours une imprudence, a dit Engel, dans un morceau ingénieux du Philosophe du monde; c'est une démarche sur laquelle on ne peut revenir, et l'homme sage ne doit jamais s'en permettre de ce genre. Au fond, ce point de vue est étranger à la question que nous traitons; car une imprudence n'a rien de commun avec une immoralité : une imprudence, quelque grande qu'elle soit, n'est jamais qu'un tort ou un malheur, et n'a rien qui ressemble à un délit, ni même à une faute; c'est un défaut de l'esprit, et non un vice de la volonté; elle suppose un faux calcul, et non de mauvais principes, bien moins encore une absence totale de principes. Or souvent les ames les plus pures, les plus fortes, les plus généreuses, sont celles qui calculent le plus mal, surtout quand il s'agit de leur intérêt personnel. D'ailleurs, on pourrait demander, en admettant que l'imprudence soit le seul titre de réprobation du suicide, s'il est facile de prouver qu'il soit une imprudence? Que d'actions dans la vie sur lesquelles on ne peut revenir sans crime, ou sans un miracle des circonstances! Tous les correctifs qu'on pourrait y apporter, sont au-dessus de nos forces, ou contre notre devoir. Sans doute, des incidens

II.   7

imprévus peuvent tellement changer la situation d'un homme, d'un moment à l'autre, qu'il
ne se tuerait pas, s'il pouvait les prévoir ; mais
dans toutes les circonstances où il est question
de prendre le parti le plus avantageux, on se
décide sur la vraisemblance. Qui peut embrasser toute la chaîne des suites des actions humaines, combiner toutes les chances, prévoir
tous les futurs contingens, et par conséquent
obtenir la certitude ? Enfin, comme la prudence est purement relative, il est presque
impossible de juger sous ce rapport les actions
des autres : il faudrait connaître à fond leur
manière de sentir et de voir, leur existence
individuelle, leurs buts et leurs moyens, ce
qu'ils désiraient et ce qu'ils craignaient le plus,
l'objet de leurs vœux et la mesure de leurs
forces. Chaque homme peut se juger mal lui-
même et sa situation, et commettre une haute
imprudence dans le moment où il s'applaudit
le plus de sa prudence ; mais d'autres le juge-
ront plus mal encore. La prudence ne donne
pas des règles générales et constantes. Comme
la prudence ne consiste que dans le rapport
des moyens à un but quelconque, que ce but
dépend des idées qu'on se forme du bien-être,
qu'il n'y a rien de plus vague que ces idées et

qu'elles varient d'individu à individu, tous les partis que l'homme peut prendre sont tour-à-tour prudens et imprudens.

Rien ne prouve mieux qu'il faut, à la liberté de l'homme, un autre guide que la prudence. Sa volonté, inconstante et mobile, consumerait ses forces et sa vie tout entière dans de vaines agitations, sans les idées fixes et invariables de la moralité.

Nous avons vu quelles sont les maximes ou les principes, qui ne condamnent pas le suicide; mais son arrêt est contenu dans l'existence même des lois morales, et dans l'ensemble des idées qui constituent la perfection de la nature humaine. Dès qu'il y a des devoirs stricts et absolus pour l'homme, il est impossible qu'une action, par laquelle l'homme se soustrait à tous ses devoirs, soit une action légitime. Si l'homme, essentiellement perfectible, doit, par un perfectionnement graduel et continu, tendre à l'idéal de la perfection, et travailler sans relâche au développement harmonique de toutes ses facultés, l'action qui fait cesser brusquement toute espèce de travail de ce genre, comme si ce but était atteint, ou que ce but n'existât point, est décidément une action mauvaise.

A la vérité le suicide n'est pas une injustice positive. Avant toute espèce de relations volontaires, hors de l'existence de la société, cette action ne blesse pas les droits des autres personnes morales. Un homme ne pouvant jamais, dans le sens strict du mot, appartenir à un autre homme, parce que les choses seules peuvent devenir des propriétés, chacun dispose de sa propriété, en disposant de sa vie.

Mais ce point de vue juridique est un point de vue étroit, resserré, qui ne nous offre pas la nature humaine dans toute sa dignité et son étendue : s'il n'est pas étranger à la moralité, il est bien loin d'épuiser la morale.

Dans ses rapports avec les autres êtres intelligens et libres, la perfection de l'homme consiste à s'oublier lui-même, à sauver sa personne intellectuelle et morale, en anéantissant, ou du moins en effaçant sa personne physique, à se juger relativement au tout, bien loin de juger le tout relativement à lui, à ne demander de bien-être que ce qu'il en faut pour conserver la vie, à ne voir dans la vie elle-même qu'un moyen d'activité, et dans l'activité que la manifestation de la partie divine de son être, et son amour pur et désintéressé pour le magnifique tout dont il fait partie. Dans ses rapports

avec la nature, la perfection de l'homme consiste à ne lui laisser sur sa personne que le
moins d'empire possible, à prévenir son action,
à la corriger, et surtout à la supporter. Le
calme et le courage d'une résignation réfléchie,
changent la nécessité elle-même en liberté; et
l'homme peut déployer une grande force de
patience, lors même qu'il ne peut plus déployer
une grande force d'action.

Ainsi, les deux élémens principaux de la
perfection, les deux principes générateurs de
la moralité, les deux vertus cardinales, c'est
l'amour actif, pur, désintéressé, constant, universel, pour la grande société des êtres, et la
force d'ame qui résiste au mal, lutte contre
lui, quelquefois en triomphe, plus souvent se
soumet volontairement à la nature, quand
elle désespère de la combattre avec succès.

Il est clair que le suicide est infidèle à cet
amour, comme il est étranger à cette force. Il
est incompatible avec les principes, et par conséquent ces principes prononcent son arrêt;
c'est un acte d'égoïsme, et un acte de faiblesse
et de lâcheté. Il n'y a point de situation dans
la vie humaine où l'on puisse légitimement
renier la société; car il n'y en a point où l'on
ne puisse et ne doive vivre en elle et pour

elle. Se soustraire par le suicide à des malheurs
domestiques, et aux relations de la nature et
de la société, parce qu'elles sont devenues
cruelles et pénibles, c'est fuir dans une forêt
obscure, épaisse, hérissée de dangers, en abandonnant sa famille au moment où elle cherche
votre main, et où elle aimerait mieux souffrir
avec vous que de se sauver sans vous; c'est se
jeter à la mer pour gagner le rivage, ou aller
à fond, de crainte de ne pouvoir faire aborder
la barque qui porte les objets auxquels vous
vous devez tout entier. Cette conduite est ju-
gée; et quand il n'existerait, pour un homme,
aucune relation particulière, et que, dans ce
sens, il serait seul dans le monde, il serait toujours membre de la grande famille, et on pourrait toujours lui appliquer le beau mot d'Édouard
Bomston à Saint-Preux, dans la *Nouvelle Hé-
loïse* : « Tu veux te tuer, va voir auparavant
s'il y a encore une bonne ou belle action à
faire; s'il n'y en a plus, alors exécute ton
dessein ! »

On doit encore pousser cette idée plus loin,
et dire que, dans le cas où l'amour du beau et
du bon serait stérile ou impuissant, où, faute
de forces ou bien par le défaut des circonstances, on ne pourrait plus être utile aux autres,

il faudrait encore supporter la vie pour exercer, développer, déployer sa force intellectuelle et morale, et prouver, par un grand
exemple, qu'il y a quelque chose dans l'homme
de différent de la nature, au-dessus d'elle, qui
ne peut toujours triompher de l'ennemi; mais
que l'ennemi ne contraindra jamais à une lâche désertion, ou à une fuite honteuse. Le cri
général de l'humanité dépose en faveur de la
vérité de ces principes. On plaint l'homme à
qui la force de la souffrance, ou l'empire du
malheur, fait quitter la vie; car les malheureux ont un caractère sacré qui leur donne des
droits à la pitié; et dans l'infortuné qui s'ôte la
vie, nous avons la mesure du malheur de
l'homme. Mais on estime, et l'on admire celui
qui lutte avec la douleur, et résiste au mal par
le courage de la patience; car, dans ce héros,
nous avons la mesure de la grandeur de l'homme. Rien de plus sublime que de supporter la
vie dans une de ces époques où aucun objet ne
vous intéresse plus, où une maladie cruelle et
incurable vous dévore lentement, où des revers
attaquent l'ame dans ses jouissances les plus intimes; parce qu'on se dit, qu'il faut plus de
force pour vivre que pour mourir, et que,
sous la main de fer du malheur, et au milieu

des déchiremens du corps et de l'ame, on travaille à la perfection de son ame, comme un artiste travaille à son ouvrage, s'en occupe dans les circonstances les plus contraires, et se console de toutes les peines d'une vie évanouissante, en donnant des traits durables et finis à des idées immortelles.

Tout en convenant de la vérité de ces principes, il est ordinaire de solliciter des exceptions pour des cas extraordinaires. On imagine des situations cruelles, affreuses, désespérantes; on entasse, sur un point de l'espace et de la durée, les peines et les malheurs qui se rencontrent isolément projetés sur un plus grand espace; et l'on veut, dans ces circonstances, et pour ces circonstances seules, composer avec les principes. Serait-il nécessaire de remarquer que, dans ces circonstances mêmes, les principes, que nous avons établis, seraient encore de nature à trouver leur application? D'ailleurs, ou bien aucune situation ne peut faire ici exception à la règle, ou toutes les situations malheureuses y ont des titres et des droits égaux. Car le malheur consiste dans le sentiment, sa force ne peut être évaluée par l'objet qui le cause, mais par l'impression qu'il fait sur l'ame; cette impression dépend du caractère de l'individu qui la reçoit : chacun est donc juge, et seul juge, de la vivacité et de la nature de ses peines ; chacun a le même droit de déclarer les siennes plus insupportables que toutes les autres; le privilège de s'affranchir de la vie que l'un réclamera pour la pierre, l'autre le demandera pour un mal de tête continuel ; l'amour-propre humilié, l'honneur offensé, la pauvreté, seront, pour des esprits étroits et des ames petites et vaines, des motifs de suicide aussi valables que l'étaient, pour l'ame de Caton, la mort de la liberté de Rome et l'établissement de la tyrannie.

En suivant le suicide à travers les siècles dans l'histoire des nations, on ferait sur le gouvernement, l'état de la société civile, les mœurs, le genre de vie, les idées dominantes, et le caractère des peuples, des remarques qui, avec beaucoup d'intérêt, pourraient avoir quelque utilité. Le nombre des suicides, leurs causes, leurs effets, seraient autant de symptômes de la santé, ou des maladies morales des nations, et serviraient à caractériser les différens siècles.

Voici quelques aperçus dans cette riche matière, sur les causes des suicides dans les temps anciens et modernes.

Quand un sang épuisé circule péniblement
dans les veines et dérange les fonctions des organes, il enfante le dégoût de l'existence, et
produit une certaine difficulté de vivre, dont
on se tire par le suicide. Ce dérangement physique exerce une influence funeste sur les facultés intellectuelles et morales ; les idées cir-
culent avec autant de lenteur que le sang ;
tout s'obscurcit, tout se décolore ; le nuage qui
couvre l'ame, et qui pèse sur elle, passe et se
répand de là sur tous les objets ; la vie paraît
un fardeau insupportable qu'on s'empresse à
secouer et qu'on jette loin de soi : en le faisant, on cède à une espèce de nécessité physique ; c'est aux médecins, et non pas aux mo-
ralistes, à juger, comme à traiter, les infortu-
nés de ce genre ; leur suicide sort de la classe
des actions, et rentre dans celle des effets de la
nature. Cette maladie, commune aujourd'hui
en Europe, et surtout en Angleterre où on lui
a donné un nom particulier, était inconnue aux
anciens. Les exercices corporels, qui remplis-
saient leur jeunesse, et occupaient une grande
place dans toutes les saisons de leur vie, donnaient au corps, de la force ; aux organes, du
ressort ; aux membres, de la souplesse : une
vie active, pleine de mouvement, passée en

grande partie en plein air, les privait de ce
genre de suicides, auxquels l'éducation domestique, les travaux sédentaires plus encore que
les passions et que la nature des alimens, préparent, conduisent, et entraînent tant d'hommes, dans le monde moderne.

Les horreurs de la misère qui, dans les
grands états de l'Europe, et surtout dans les
capitales, enfantent tant de suicides parmi
les classes inférieures, sont un des tristes fruits
de la marche que la civilisation a prise chez nous.
Indépendamment de toutes les causes qui, de
tout temps, ont produit l'inégalité des fortunes,
il en est une particulière à l'Europe moderne, et
c'est la plus active de toutes. Les gouvernemens
ont encouragé la multiplication des hommes
comme on encourage la multiplication du bétail,
dans certains pays, dans l'espoir trompeur d'accroître ainsi la richesse nationale. Au lieu de
laisser à la population son cours naturel, qui tend
toujours à la mettre de niveau avec la masse des
productions qui servent aux besoins de l'homme,
on a employé toutes sortes de moyens artificiels et factices, afin d'accroître la population :
il est résulté de là que la concurrence des con-
sommateurs a fait hausser le prix des denrées,
et l'a porté à une très grande hauteur ; et que

la concurrence des bras a fait baisser le prix de la main-d'œuvre, ou du moins l'a empêché de se mettre de niveau avec le prix des denrées. L'effet naturel de cet état de choses forcé, est l'existence pénible, cruelle, précaire, d'une multitude d'hommes qui, ne pouvant trouver du travail, ou ne gagnant pas assez pour vivre par un travail soutenu, rendent à la nature, dans un accès de désespoir et de fureur, cette existence que la société a produite, et que la société ne leur donne pas les moyens de soutenir. Dans les états anciens, dans la Grèce et à Rome, cette cause n'existant pas, l'effet n'existait pas non plus; on ne regardait pas l'accroissement de la population, comme le but des gouvernemens; on l'abandonnait à elle-même, et les lois de la nature servaient mieux la société que ses propres lois : l'établissement des colonies et l'esclavage, empêchaient une partie de l'espèce humaine de tomber dans une destitution totale. Sous le point de vue moral, l'esclavage est sans doute un remède pire que le mal, et tue la liberté pour sauver l'existence physique. L'esclavage lui-même, étant un état contre nature, peut quelquefois amener des suicides. Au défaut d'autres moyens, les Nègres avalent leur langue pour se débarrasser de la vie. Chez les Romains, et surtout chez les Grecs, ce désespoir était fort rare, l'esclave étant, dans la règle, beaucoup mieux traité que les Nègres ne le sont dans les colonies européennes.

Entre toutes les passions qui, concentrant l'homme dans un seul objet dont il désire à l'excès la possession exclusive, que les anciens connaissaient comme nous, et qui toutes, quand l'objet des désirs des passions vient à leur manquer, dépouillant la vie de tout son charme, en amènent le sacrifice volontaire, — deux passions qui de nos jours enfantent beaucoup de suicides, avaient chez les anciens moins d'empire et moins d'activité; c'est l'amour, et ce que nous appelons l'honneur. En associant aux femmes, et aux impressions qu'elles font sur les sens, une foule d'idées accessoires, qui déguisent, couvrent, relèvent, ou embellissent le désir, l'imagination et le sentiment ont donné de la moralité à la passion de l'amour; mais en rendant ses plaisirs plus délicats, plus purs, plus variés, ils ont multiplié, et acéré ses peines; et le côté moral de l'amour en a amené les chagrins, les amertumes, les fureurs, qui souvent ont conduit au suicide dans les temps modernes. Au contraire, chez les an-

ciens, le plus souvent l'amour n'était qu'un
besoin physique, ou le désir de la jouissance ;
il s'éteignait satisfait, ou se consolait facilement de ses mécomptes. Quant à l'honneur,
les anciens connaissaient autant, et peut-être
mieux que nous, le véritable honneur, qui
consiste pour tout homme à conserver sa dignité, son estime, et celle des autres. Mais
l'honneur, esclave de l'opinion, est né avec
cette opinion même, il s'est développé avec
elle ; or qui ne sait que les formes de la société
ont prodigieusement accru, chez nous, l'empire de l'opinion ? Et combien de victimes de
l'opinion ne se sont pas punies elles-mêmes de
leur erreur, ou ont préféré de se sacrifier
sur les autels de leur idole, plutôt que de la
sacrifier elle-même !

Une observation frappante, que suggère l'é-
tude du monde ancien, c'est que le suicide a
été très rare chez les Grecs, et que chez les
Romains, depuis le règne d'Auguste, rien n'é-
tait plus commun que ce genre de mort. On
doit chercher la raison de ce phénomène dans
le caractère des deux peuples, et dans le genre
de leur développement. Le Grec savait mépriser la mort, et sacrifier sa vie, quand la
gloire, la patrie, la liberté la lui demandaient ;

mais hors de là , il savait trop bien jouir de la
vie pour en être dégoûté, et pour s'en débarrasser par lassitude. Aucun peuple n'a mieux
connu cette santé de l'ame qui résulte de l'exercice de toutes les facultés, se limitant l'une
l'autre, et produisant ainsi un bel équilibre ;
ses forces toutes cultivées, offraient une parfaite harmonie, et cette harmonie répandait de
la variété, de la richesse, de l'intérêt, de la
beauté sur la vie intérieure, sur la nature ina-
nimée, sur les formes sociales. Se partageant
entre tous ces objets, le Grec était étranger à
ce que nous appelons l'uniformité et la mono-
tonie de l'existence. Les Romains, au contraire, n'ont jamais développé que les facultés
nécessaires à la guerre, ou propres au gouvernement. Quand la liberté et la chose publique
n'existèrent plus, ils ne surent pas se consoler
de la servitude comme les Grecs ; et les ames
d'élite, parmi eux, ne pouvant se concentrer,
ni s'ensevelir toutes vivantes dans les jouissances sensuelles, se réfugièrent dans le mépris
de la vie. Le Grec était vif, gai, susceptible
de toutes les impressions , ouvert à tous les objets, et par conséquent inconstant et mobile : le
Romain était lent et grave, sérieux et réfléchi,
et cependant ardent et profond dans ses affec-

tions ; le Grec glissait sur la vie, et ses peines effleuraient à peine la surface de son ame : le Romain s'emparait de la vie, la pénétrait dans tous les sens, et s'il n'y trouvait pas ce qu'il lui fallait, il ne pouvait oublier ses cruels mécomptes qu'en effaçant la vie tout entière comme une erreur de calcul. La passion dominante des Grecs était la vanité ; celle des Romains, l'orgueil ; les vertus même des deux peuples se ressentent du contact de ces vices : or la vanité est plus accommodante que l'orgueil ; la vanité caresse les circonstances, comme elle flatte le maître qu'elle sert ; l'orgueil brise les circonstances, ou se détruit lui-même ; il détrône le tyran qui veut l'opprimer, ou s'immole à ses pieds. Ce n'est donc pas la philosophie de Zénon qui a donné ce caractère aux Romains ; cette philosophie, née dans la Grèce , n'y avait produit qu'une abondante moisson de spéculations : c'est le caractère des Romains qui, cédant à des affinités secrètes et puissantes, leur a fait préférer la philosophie de Zénon à toutes les autres. Pour des ames de leur trempe, il était heureux que le Ciel, en chargeant un des bassins de leurs destinées, de tous les crimes et de tous les maux, eût placé dans l'autre, comme contrepoids et correctif, la doctrine du Portique. Ne pouvant plus vivre avec honneur et avec gloire, les Romains saisissaient avec joie les armes que leur offrait le Portique, pour mourir avec courage.

En comparant l'histoire de l'Europe avec celle des états de l'Asie, où le despotisme paraît indigène, on est étonné de voir que le suicide ait été fréquent dans les pays libres, où la vie est plus douce et l'existence plus assurée, et qu'il soit si rare chez les Orientaux, toujours menacés du glaive ou du cordon fatal. On ne peut expliquer ce fait que par le courage passif des Asiatiques, qui tient à leur apathie ; et cette apathie elle-même est le fruit de la croyance au destin.

Il y a une grande différence entre le destin des Orientaux, surtout depuis que Mahomet a fait d'une doctrine, généralement répandue avant lui, un article de foi, et le destin dans le polythéisme grec. Il y a autant de différence entre eux, qu'entre le despotisme et la liberté républicaine. Le Grec lutte contre le destin, et lors même qu'il succombe sous lui, il fait preuve de liberté : le Mahométan se résigne en aveugle avant l'événement, comme après l'événement ; lors même qu'il agit, il agit en homme à qui l'action ne servira de rien. Le

II.   8

premier murmure contre ce pouvoir, et le supporte avec impatience ; le second s'en félicite,
parce qu'il dispense de l'activité. Les Grecs pla-
çaient la force aveugle, dans le destin ; et la
pensée qui lui résiste, et qui le combat, dans
l'homme: chez les Mahométans, la force aveugle
est dans l'homme ; cette force n'est qu'une
force passive, et la pensée est dans le destin.

La différence qui se trouve entre l'existence
politique des deux peuples, explique la différence de ces deux manières de voir le destin.
Dans les constitutions de la Grèce, l'homme était
tout ; la force physique et arbitraire n'était
rien : la volonté de tous faisait la loi, et lui
prêtait en quelque sorte un corps et des traits ;
on ne savait pas ce que c'est qu'obéir à la volonté d'un seul homme. Dans les états de l'O-
rient, l'homme n'est rien ; la force physique est
tout : le peuple n'a pas de volonté ; un seul, absolu, invisible, inexorable, décide de tout ;
les fortunes y sont aussi rapides, brillantes,
inattendues, que les disgraces ; on ne doit rien
à soi-même, on doit tout au hasard ; on peut
tout craindre, et tout espérer; ou plutôt, comme
on ne peut rien, ni pour réaliser les espérances
ni pour dissiper les craintes, on doit se reposer
dans l'indifférence.

Le destin, chez les Orientaux, est l'idéal du despote ; et le despote est un instrument du destin. Le glaive que le dernier promène toujours au-dessus de ses sujets, n'est qu'un emblème du glaive redoutable et invisible que le premier promène sur tous les hommes.

Aussi l'idée de la fatalité répand-elle, dans le monde moral des Orientaux, cette espèce d'immobilité, de calme uniforme, de silence profond, qui règne sous leur ciel, dans les vastes plaines de l'Arabie et de la Syrie. Ce repos serait le repos du désespoir, si l'homme n'y était accoutumé dès son enfance ; mais l'habitude de ce repos parfait, et de cet abandon total, donne quelquefois une teinte de majesté à leurs ames d'élite : ils attendent le coup fatal sans impatience et sans crainte, le reçoivent sans émotion, mais ne se le donnent pas à eux-mêmes.

SUR LES THÉORIES

ET

LES MÉTHODES EXCLUSIVES.

———

Les divisions des êtres, des objets, des sciences, sont la source la plus commune des erreurs de l'esprit humain. Les divisions sont nécessaires ; ce sont les soutiens de notre faiblesse. Sans les divisions, nous serions accablés de l'immensité de l'univers ; nous nous perdrions dans l'infiniment petit ou dans l'infiniment grand, entre lesquels nous sommes placés ; il n'y aurait point de division de travail, ni dans les arts ni dans les sciences ; nos facultés n'étant pas à l'unisson de la totalité des êtres, et ne marchant pas toutes de front dans le même individu, succomberaient sans aucun fruit.

On divise ce qui est essentiellement un, soit

pour le mieux observer et pour le mieux connaître, soit par une sorte de prédilection pour
tel ou tel côté de l'objet. Mais cette marche a
ses inconvéniens, et le seul moyen de les prévenir ou de les corriger est d'embrasser successivement le plus grand nombre possible des
faces de l'objet ou de l'être, et de ne jamais
perdre de vue que, dans le fait, elles se réunissent toutes dans l'unité. Accoutumé aux divisions, on oublie facilement, que tout tient de
tout dans l'univers, que chaque être est un tout
et en même temps une partie intégrante d'un
plus grand tout; que la science est une, ainsi
que la nature. On détruit, ou du moins on
change entièrement les idées, les objets, les
êtres en les divisant. L'anatomie morale et intellectuelle produit les mêmes effets que l'anatomie physique; elle suppose la mort, ou elle
l'amène, et la mort ne peut jamais nous apprendre ce que c'est que la vie.

En disséquant un organe séparément, on
apprend toujours à le connaître d'une manière
imparfaite, car on ne saisit pas ses rapports
avec tous les autres, qui, de près ou de loin,
le modifient et sont modifiés par lui. Il faudrait
proprement voir toujours toutes les parties
dans le tout, et le tout dans toutes les parties.

Il en est de même de la science de la nature, qui n'est que l'unité de la nature saisie et exprimée ; de la science d'un être quelconque qui ne serait, si elle était parfaite, que l'unité de cet être saisie et exprimée sous tous les rapports ; il en est surtout ainsi de la science de l'homme, parce que l'homme est à la fois l'être le plus éminemment un, et le plus composé.

Le seul moyen que nous ayons d'arriver à la fois à l'unité et à la variété, c'est de tendre à la connaissance de la totalité, et nous ne pouvons y parvenir qu'en saisissant tous les côtés différens des êtres, en les rapprochant, en les expliquant l'un par l'autre.

Trop souvent on choisit et on prend une marche tout opposée. On saisit un point de vue, ou un côté de la nature humaine à l'exclusion de tous les autres ; on ne tient aucun compte de ceux que l'on ne saisit pas, ou l'on tâche de les ramener forcément à son point de vue favori, et l'on s'applaudit et se félicite de cette fausse unité, qui ne résulte que de l'ignorance volontaire où l'on est de la variété des phénomènes, et qui, née de l'ignorance, l'augmente et la perpétue.

L'homme est dans sa simplicité apparente un être merveilleusement compliqué. C'est un

monde de rapports : rapports de ses facultés
entr'elles, rapports avec la nature, rapports
avec les hommes, rapports avec les idées. Dans
le mouvement général qui emporte la nature
et la société, et qui constitue leur essence, ces
rapports changent et varient sans cesse, ou du
moins la plus grande partie de ces rapports est
mobile et variable, tandis que quelques-uns
sont permanens.

Toutes les fausses théories et la plupart des
fausses mesures en politique, en législation,
en morale, sont venues de ce qu'on a eu la passion de l'unité, de ce qu'on a voulu y arriver
de prime-abord, de ce que l'on a cru y être
parvenu, parce qu'on s'y est placé arbitrairement, et qu'on a procédé par voie d'exclusion
de tout ce qu'on ne connaissait pas.

Tantôt on n'a pas eu égard ni à toutes les facultés ni à tous les ressorts, qui sont autant de parties intégrantes de l'homme ; tantôt on ne les a
pas considérées dans leur union, leur jeu, leur
action et leur réaction réciproque. Peut-on
juger les roues d'une machine destinées à s'en-
grener l'une dans l'autre, autrement que dans
leurs relations mutuelles et dans leurs rapports
au jeu total de la machine ? peut-on et doit-on
vouloir donner une perfection absolue à une

roue qui ne peut et ne doit avoir qu'une perfection relative? Ainsi on a séparé la politique,
la législation, la religion, l'éducation; tantôt
l'on a beaucoup fait pour l'une, tantôt on a tout
fait pour l'autre. Rarement a-t-on donné à ces
différens ressorts une attention égale; plus rarement encore les a-t-on fait marcher de front
et dans la même direction. Qui a saisi l'homme
tout entier dans ces systèmes où l'on ordonne
la politique, la législation, l'éducation, sans
les coordonner l'une à l'autre? Quel est le législateur, qui voyant dans le développement
et la perfection toujours croissante de l'espèce
humaine, la fin dernière des sociétés, a cher-
ché la première condition de ce développement
progressif dans l'harmonie de toutes les facultés
de l'homme?

Tous les miracles de quelques gouvernemens
anciens tenaient chez eux à l'action convergente
de la religion, de la législation et de l'éducation,
qu'ils savaient faire conspirer vers un même
but. Ce secret paraît s'être perdu depuis eux.
Ces trois principes actifs du développement de
l'homme ont été rarement d'accord l'un avec
l'autre. Souvent même ils ont été en opposition
directe.

Dans les temps modernes, il n'y a que l'Angleterre qui ait su mettre la constitution et les lois, la religion et le culte, l'éducation et l'instruction, dans une sorte d'accord et d'harmonie, qui fait qu'ils s'appuient l'un l'autre, qu'ils forment ensemble une espèce de tout organisé, et qu'ils ne peuvent par conséquent être transplantés ni imités avec succès dans les autres pays, parce qu'ils ne le seraient que partiellement. Le principe fondamental, ou plutôt le principe vital de l'existence politique, morale et intellectuelle de l'Angleterre, et qui se retrouve et agit même avec une force prodigieuse dans la plupart des individus de cette nation étonnante, c'est ce mélange singulier, j'ai presque dit unique, de fixité et de mouvement, de force d'arrêt et de force de progression, de respect presque superstitieux pour ce qui est ancien, et de hardiesse d'innovation, d'un esprit conservateur et d'un esprit de perfectionnement qui amène tous les jours de nouveaux progrès. Certes, c'est un peuple bien extraordinaire que celui qui avance toujours et qui reste cependant semblable à lui-même, qui acquiert tous les jours sans repousser ou sans perdre ce qu'il a acquis, et qui, sans courir dans tous les sens, et sans se précipiter dans toutes les routes, marche toujours dans la même direction. C'est ce mélange qui forme proprement en Angleterre le caractère national, parce qu'il y forme le caractère de toutes les institutions publiques.

Dans la constitution de l'Angleterre, où les élémens héréditaires et les élémens électifs sont habilement combinés, et où la monarchie et l'aristocratie se pénètrent en quelque sorte, il règne une raison éminemment monarchique et un esprit républicain. Dans la religion, l'esprit du protestantisme, qui est un esprit de recherche, de critique, d'innovation, un principe de liberté et de mouvement, se maintient en Angleterre avec la hiérarchie, et des formes liturgiques consacrées par le temps et l'habitude autant que par la loi. De tous les pays protestans, c'est peut-être le seul, où à côté des progrès les plus marqués dans tous les genres, la foi se soit conservée pure, et où la religion exerce encore un empire général sur la masse de la nation. Quant à l'éducation et à l'instruction, on les croirait au premier coup d'œil stéréotypes, et cependant elles avancent. Oxford et Cambridge appartiennent au moyen âge, presque sous tous les rapports; les objets d'instruction, les formes de la discipline, les méthodes mêmes d'enseignement, n'y ont subi que des changemens insensibles; et cependant

de ces deux magnifiques monumens du moyen
âge, qui offrent à la fois le repos des cloîtres
avec leurs voûtes sombres, et le mouvement
des écoles grecques avec les jardins rians de
leurs philosophes, il sort des hommes qui ne
sont pas en arrière du reste de l'Europe, et
qui, dans tous les genres, ne craignent ni le
parallèle ni la lutte. C'est qu'il y a dans le
système de l'instruction et de l'éducation nationale, à côté d'une règle de discipline sévère
et de l'uniformité de l'enseignement, un principe de mouvement, dans la vie sociale et publique des jeunes gens et des enfans, dans le
frottement des esprits, dans l'action et la réaction réciproques qu'ils exercent les uns sur les
autres, dans la liberté des études et des lectures particulières, enfin dans les voyages et
dans la liberté générale.

On se tromperait fort, si l'on croyait que ces
formes de la législation, de la religion, de l'é-
ducation en Angleterre, soient des modèles
que l'on doive ou que l'on puisse même suivre
ailleurs ; mais il est sûr que le concours et
l'harmonie de ces trois grands ressorts a formé
en Angleterre le caractère national, et que ce
caractère a enfanté des effets admirables. Je
n'ai voulu que citer un exemple frappant des

heureux résultats que produisent la législation, la religion et l'éducation chez un peuple, quand elles marchent de front, et qu'elles sont vivifiées par le même principe, au lieu d'être séparées ou même opposées, comme elles le sont trop souvent.

Non seulement on a négligé ailleurs les rapports que la religion, la législation, l'éducation ont entre elles ; on a méconnu ou négligé les rapports qu'elles ont avec l'homme tout entier ; on ne les a envisagés que sous une seule face et de profil ; on n'a saisi ou n'a voulu voir qu'un côté de l'objet à l'exclusion de tous les autres. La maladie de notre siècle, est de ne saisir que des points de vue exclusifs, et de mettre en saillie une face de la religion, de la législation, de l'éducation, au lieu de les embrasser toutes en même temps, de les corriger et de les modifier l'une par l'autre. Cette maladie est née de l'abus de l'analyse, a été le principe des erreurs et des égaremens, et même celui des crimes de notre âge. Au lieu de considérer les objets dans leur ensemble, et les êtres dans le jeu réciproque de leurs facultés, on a cru que pour les connaître il fallait les décomposer ; en les décomposant on les a détruits, et on n'a laissé subsister d'eux que des fragmens isolés. Alors, selon le caractère, le tempérament, le tour d'esprit de chaque individu, on a donné tantôt plus d'attention à l'un, tantôt plus à l'autre de ces fragmens ; mais l'être ayant disparu, on n'a pas pu le contempler tout entier.

C'est cette manie de tout analyser qui a fait dire du siècle qu'il était raisonneur plutôt que raisonnable. Croire tout prouver par des raisonnemens, s'imaginer ne pouvoir rien prouver que de cette manière, raisonner ce qu'on devait sentir, discuter en détail sur ce qui n'a de réalité qu'en masse, substituer l'entendement qui n'admet que ce qu'il peut comprendre, à la raison qui établit en principe qu'il y a des vérités incompréhensibles, mettre l'esprit qui est un principe de dissolution, à la place du sentiment qui est un principe de composition, c'est être raisonneur. Circonscrire le raisonnement dans sa sphère, ne pas lui permettre de la dépasser, être convaincu que la vérité est dans les existences, dans la totalité des facultés des êtres, tenir compte de la nature et de l'activité de chacune d'elles quand on veut s'adresser à l'homme, et agir sur lui à la fois par la religion, la législation, l'éducation ; c'est être raisonnable.

Cependant on a presque toujours choisi et suivi la marche opposée ; et de là vient que ces trois grands moyens de développer et de perfectionner l'homme, n'ont pas produit l'effet désiré.

Tantôt la religion a été traitée comme une simple spéculation ; elle a été regardée comme un domaine de l'entendement. C'était méconnaître son origine, sa nature et sa destination. L'esprit et l'entendement ne saisissent que des objets finis entre lesquels on peut établir des rapports qui offrent des qualités que l'on peut soumettre à la mesure et au calcul, des qualités qui ne se rencontrent que dans une certaine quantité. Ces facultés ne sauraient donc saisir Dieu. Le fini seul est du domaine de l'entendement. Dieu est l'infini ; la religion est une tendance indéfinie de l'ame vers l'infini, un besoin de se rapprocher de lui et même de se confondre avec lui. En comparant le fini avec la notion de l'infini, l'entendement peut sans doute prévenir beaucoup d'erreurs en fait de religion, et nous apprendre ce que Dieu n'est pas, mais il ne saurait nous faire connaître ce qu'il est, ni nous révéler son être tout entier.

Tantôt on n'a voulu voir, dans la religion, qu'une morale épurée et sublime ; on aurait dit qu'elle n'avait d'autre but que de maîtriser la volonté et les passions. Il est certain que la religion et la morale ont des affinités secrètes et puissantes, parce qu'il y a une sorte d'identité entre toutes les idées éternelles , et qu'il y a, dans toutes, quelque chose d'infini. Il est encore indubitable, qu'un homme éminemment religieux sera un homme moral ; mais l'inverse n'est pas également vrai. La morale a sa racine dans la nature de la volonté ; la religion a la sienne dans l'ame. La morale , même la plus pure et la plus complète , n'épuise pas la nature humaine ; elle n'est pas la perfection de l'homme tout entier , elle n'est qu'un des traits de cet idéal. C'est un travail aussi faux par son objet qu'ingrat par ses résultats, que de vouloir fonder la morale uniquement sur la religion ou la religion sur la morale. La morale et la religion sont deux puissances différentes, quoique alliées , dont l'une a une sphère extérieure et dont l'autre est toute intérieure, dont la première tend à l'action, dont la seconde trouve sa perfection comme son principe dans le sentiment : car des intelligences qui ne seraient pas du tout appelées à agir, pourraient non-seulement connaître la religion, mais atteindre à la piété la plus sublime.

La religion ne consistera-t-elle donc que dans l'amour et dans un sentiment confus ? En fera-t-on simplement un mysticisme du cœur, sans lui donner aucun objet déterminé par la raison, sans la mettre en rapport avec la volonté et l'action ? Nouveau point de vue exclusif ! nouvelle erreur ! Ce serait faire de la religion un instinct aveugle. Dieu est en nous ; un sentiment confus nous l'annonce. La soif du monde invisible, le besoin de quelque chose d'infini et d'éternel, une inquiétude secrète, un attendrissement involontaire que nous inspire le sentiment de la grandeur et de la faiblesse de l'homme nous annoncent que nous sommes faits pour la religion ; mais pour qu'elle puisse prendre racine en nous, il faut nourrir, fortifier, enflammer cette sensibilité religieuse. Cette sensibilité religieuse serait vague, stérile, même dangereuse, si elle ne se portait pas sur des objets déterminés, et si la raison primitive et universelle ne lui offrait pas de véritables principes.

Tous ces points de vue exclusifs et partiels, sous lesquels on a considéré la religion, sont vrais quand on les réunit dans un point de vue plus général ; quand on les unit, on s'aperçoit que la religion s'adresse à la nature hu-

II.   9

maine tout entière , qu'elle résulte de toutes
ses facultés, et qu'elle peut s'appliquer à toutes. Chacun de ces points de vue devient faux,
du moment où on l'isole de tous les autres et
où on le juge seul véritable.

Il en est de même de la législation. Quelquefois on est parti de l'idée qu'il y avait un
prototype de législation pour tous les temps,
tous les peuples, tous les lieux, une espèce de
canon ou de règle pour les constitutions et les
lois comme celui de Polyclète pour la sculp-
ture; et l'on a oublié que ce sont les différences d'un peuple d'avec les autres, et non ses
ressemblances avec les autres, qui constituent
son individualité; que les premières sont bien
plus nombreuses que les autres, et qu'il faut
consulter, respecter, conserver l'individualité
des peuples , sans laquelle il n'y a point de caractère national. On a oublié qu'un petit nombre de principes abstraits ne sauraient suffire à
gouverner l'immense variété des esprits, et
que les lois sont d'autant plus durables et plus
actives, qu'elles tiennent compte de tous les
rapports, et se distinguent par la plus haute
relativité.

Quelquefois on a proscrit dans la législation
toute espèce de théorie générale, toute espèce

de principes régulateurs. On a cru qu'il suffisait de connaître tous les cas particuliers, et de
les décider par les lumières du sens commun,
et par un jugement exercé. C'était le vrai
moyen de marcher au hasard, d'amener des
contradictions sans nombre, de tomber dans
l'arbitraire, ou ce qui revient presque au
même de paraître y toucher, d'ôter à la législation toute espèce de fixité et de perma-
nence.

La raison détermine invariablement le but
de l'ordre social. Ce but est donné par la nature de l'homme, et par celle de la société
elle-même; et de ce but dérivent les principes
générateurs et conservateurs de toute association politique. Voilà ce qui est universel et immuable. Mais les moyens d'atteindre ce but,
les applications de ces règles et de ces principes, doivent varier de peuple à peuple, et de
siècle à siècle. Ce n'est pas à la raison universelle qu'il faut les demander. C'est à l'observation, à l'expérience, à l'histoire, au calcul, à
la connaissance des temps et des lieux qu'il appartient de résoudre ce problème.

En voulant déterminer le but des associa-
tions politiques, on a aussi procédé par voie
d'exclusion, et l'on s'est également trompé.

Les uns ont placé ce but dans le développement harmonique de tous les talens et de toutes les facultés des citoyens d'un Etat, et ont
par conséquent chargé le gouvernement de
tous les détails de la vie physique, morale et
intellectuelle d'un peuple; ils ont étendu son
influence et son activité à tous les détails du
mouvement de la société et à toutes les relations de l'homme avec les personnes et avec les
choses. Le gouvernement a dû tout prévoir et
tout prévenir, tout défendre et tout ordonner,
tout soigner et tout produire. On n'a pas pensé
que la chose est impossible, et que l'activité
des forces individuelles dépasse et surpasse de
beaucoup les forces du gouvernement; que
ceux qui gouvernent ne sont jamais que des
hommes, et sont quelquefois moins que des
hommes, et qu'ils ne sauraient jouer le rôle de
Dieu dans les choses humaines. — La chose
fût-elle possible, elle ne se ferait qu'aux dépens de la liberté et de la vie active des citoyens. Le despotisme de la raison elle-même
serait toujours un mal, comparé avec la liberté de la raison, ou avec la liberté raisonnable de tout un peuple.

Frappés de ces conséquences, d'autres ont
placé le but de l'association politique dans la

sauve-garde du droit et dans la garantie de la
liberté extérieure. Ils avaient raison, en tant
qu'un pouvoir coactif, qui sert d'égide à la justice, et qui prend sous sa protection les droits
de tous, après les avoir déterminés avec précision, est en effet la première condition de
l'existence de l'ordre social, le principe conservateur de la liberté générale. La liberté est
le ressort vital des individus comme celui des
États; à lui tient le développement de toutes
les facultés et de toutes les forces, la marche
progressive d'une nation vers un plus haut
degré de perfection. Protégez-nous et laissez-
nous faire, c'est ce que toutes les nations peuvent et doivent dire à leurs gouvernemens ; et
ce mot, aussi simple que profond, exprime la
mesure des devoirs comme des droits de ceux
qui gouvernent et de ceux qui sont gouver-
nés. Mais ceux qui ont présenté cette idée
comme la base de la politique, se sont trom-
pés lorsqu'ils ont méconnu toute l'étendue d'action que doit avoir le gouvernement afin de
tout protéger, lorsqu'ils ont prétendu que son
influence devait être purement négative. Les
lois ne sauraient protéger la liberté sans la circonscrire, sans la déterminer, sans lui tracer
sa sphère et ses limites dans toutes les rela-

tions de la vie sociale ; elles ne sauraient la protéger, sans prévoir ni sans prévenir les actions qui la troublent et qui la blessent. Toute protection suppose dans ceux qui protègent, de l'intelligence et de la force, et les gouvernemens doivent faire naître l'une et l'autre, afin d'être sûr de les posséder et de les trouver au besoin. Ainsi les gouvernemens ne peuvent être indifférens ni étrangers aux mœurs publiques, à l'instruction, à l'éducation, à un progrès des sciences et des arts. D'ailleurs, on règne et l'on protège par l'amour et par la reconnaissance pour le moins autant que par la crainte, et tout gouvernement qui ne serait qu'un bras toujours levé pour arrêter, contenir, réprimer, prévenir et punir, qui ne se manifesterait pas par une action positive, protectrice, bienfaisante, ne se confondrait pas avec la nation, ne vivrait ni dans ses affections ni dans ses sentimens, n'exciterait et ne mériterait pas l'enthousiasme, et ne donnerait pas à l'état la vie, le mouvement, l'unité d'un corps organisé.

Nous nous sommes étendus sur ces idées exclusives relativement au droit politique, et au but suprême des gouvernemens. Il y en a bien d'autres encore qui ont successivement régné dans la législation et qui se sont partagé les suffrages et l'assentiment des penseurs. Ici on a voulu que la législation fût sévère, juste, et rien de plus ; là, qu'elle prît en considération tous les motifs de l'action et qu'elle consultât surtout le mérite de la personne ; ici, qu'elle n'employât que les moyens extérieurs de la peine et de la récompense ; là, qu'elle tâchât d'agir par des moyens intérieurs sur l'intérieur de l'homme, et fût plus occupée à prévenir qu'à réprimer les désordres, comme si la perfection de la législation ne consistait pas à rapprocher, concilier, réunir, contre-balancer, employer tour-à-tour, et à fondre dans un seul tout toutes ces idées, qui séparément n'expriment qu'un des côtés de la nature humaine, et qui ne l'expriment tout entière qu'en tant qu'elles sont amalgamées.

L'éducation qui doit tendre au développement harmonique de toutes les facultés de l'homme, qui doit développer dans chaque individu, le genre de perfection auquel il est propre et qui seul est analogue à sa nature, n'a-t-elle pas partagé le sort de la religion et de la législation ? N'a-t-elle pas même plus souffert que ces dernières de la passion des hommes pour les idées exclusives ? Cependant, plus que tous les autres arts et toutes les sciences ; elle aurait dû être à l'abri de ce genre d'erreurs, parce qu'elle ne s'occupe que des individus, qu'elle doit par conséquent tenir compte de toutes les différences individuelles, et laisser à chaque homme, ou tâcher de donner à chaque homme, une empreinte particulière et une physionomie propre. N'a-t-on pas vu se succéder à cet égard des systèmes où tour-à-tour, chaque faculté, élevée au premier rang, paraissait seule mériter l'attention des instituteurs? L'histoire de l'éducation, dans les temps modernes, ne serait que l'histoire des méthodes exclusives : parcourons les rapidement.

Rien pour la mémoire, tout pour la mémoire ; c'est-à-dire des matériaux sans pensée vivifiante et ordonnatrice, ou la pensée sans élémens qu'elle puisse élaborer, et sans matériaux auxquels elle puisse s'appliquer. Point d'idées confuses, d'abord des idées claires; rien que des idées confuses, comme si l'on pouvait empêcher la nature de nous envoyer des flots d'impressions confuses dans l'enfance, et qu'il n'y eût pas un âge seul propre à l'inoculation de la pensée, ou comme si l'on ne devait pas, par degrés et insensiblement, se rendre raison de ses richesses, les apprécier et les ranger, afin

de séparer l'or de l'alliage. Produire peu, recevoir beaucoup, c'est oublier que l'homme est
un être actif et le traiter comme un simple être
passif ; recevoir peu, produire beaucoup, c'est
perdre de vue que pour produire ses combinaisons il faut posséder des élémens, et que
l'esprit humain donne la forme aux objets,
mais qu'il ne saurait en créer. Nourrir l'imagination de préférence, et condamner par là
même l'entendement à prendre des images
pour des idées, et la raison, à substituer un
monde fantastique au monde réel ; éteindre ou
affaiblir l'imagination, et reléguer l'homme par
là même dans le monde des sensations, l'enlever pour toujours au monde idéal, lui fermer
la route des inventions et le chemin des découvertes. Donner tout à l'esprit, rien au sentiment ; tout au sentiment et rien à l'esprit ; de la
lumière sans chaleur vaut-elle mieux que la
chaleur sans lumière ? ou bien ces deux états
de l'ame ne sont-ils par également imparfaits,
pour peu qu'on les isole l'un de l'autre ? Se décider tout entier pour l'un ou pour l'autre,
n'est-ce pas consentir à ignorer le fini ou à méconnaître l'infini ? Du sérieux dans l'instruction
et dans le travail, qui prépare l'homme au sérieux de la vie et donne de la trempe au carac-

tère, mais le sérieux sans aucune espèce de tempérament peut assombrir l'ame et décolorer l'existence ; du plaisir et de la gaîté, ni gêne ni contrainte dans l'instruction ; ce qui ne peut former que des esprits frivoles et des caractères légers. Les sciences avant les lettres, les lettres avant les sciences ; — sont autant de principes différens, qui ont donné naissance à différentes méthodes d'instruction.

Des habitudes, et plus tard des idées, ou les raisons des habitudes, parce que l'enfant est machine avant d'être raisonnable, ou même avant d'être susceptible de raison ; d'abord des idées et puis, à leur suite, des habitudes, parce qu'il n'est pas de la dignité de l'homme d'agir sans savoir pourquoi il agit. Eclairer l'entendement pour fortifier la volonté, comme si l'on ne pouvait pas marcher, à côté de ses lumières, comme si l'on n'y marchait pas souvent, et qu'il n'y eût pas loin d'une pensée à une action ; fortifier la volonté pour aller à l'entendement et risquer ainsi de donner de l'opiniâtreté et un entêtement aveugle au lieu de donner du caractère. Des privations, et peu de jouissances ; beaucoup de jouissances, et peu de privations. De la facilité, de la tendresse, de l'indulgence ; ou de la sévérité et de la

crainte. L'obéissance stricte et aveugle sans liberté, ou sans obéissance. Le travail au nom du
devoir; le travail au nom du plaisir. Des sentimens religieux avant les lumières; des lumières sans les sentimens religieux; — sont
autant de principes différens qui ont donné
naissance à différentes méthodes d'éducation.

On voit déja, par ce tableau rapide, que
toutes les méthodes d'instruction et d'éducation
sont vicieuses quand on en fait des méthodes
exclusives, et que toutes ont quelque prix en
tant qu'elles présentent toutes un côté de la nature humaine qu'il ne faut pas négliger. Elles
ont presque toutes raison dans ce qu'elles admettent, et tort dans ce qu'elles rejettent. C'est
moins par ce qu'elles font, que par ce qu'elles
négligent, qu'il faut les attaquer. Ce qu'il y a
de certain, c'est que, du moment où l'on s'a-
bandonne à l'une d'elles entièrement, on risque
de faire des enfans, des êtres mutilés dans leurs
facultés morales, des hommes dégradés ou
monstrueux, des machines sans intelligence
ou des intelligences sans organes et sans
moyens d'action. On verra, d'un côté, de la
volonté sans lumières, de l'autre, des lumières
sans volonté; ici, de froids raisonneurs sans
mouvement d'imagination et de sensibilité, et

sans foyer d'enthousiasme ; là , des imagina-
tions exaltées , ou des ames fondantes de sensibilité , sans force d'arrêt ni d'action , sans mesure et sans énergie.

Parcourir en détail , en les soumettant à la
coupelle d'un examen sévère , toutes les méthodes exclusives d'instruction et d'éducation ,
afin de montrer combien elles sont fausses dans
la théorie, et dangereuses dans la pratique,
pourrait devenir l'objet d'un ouvrage , qui ne
serait pas sans utilité.

Aujourd'hui la méthode synthétique dans
l'instruction paraît l'emporter exclusivement
sur la méthode analytique. La construction et
l'intuition progressive des objets forme l'essence des nouvelles méthodes , et la marche qui
va du simple au composé , est préférée à celle
qui va du composé au simple. Ces deux méthodes ont toutes deux leurs avantages, et elles
peuvent mener au but quand elles sont combi-
nées ; isolées , elles pourraient facilement avoir
les inconvéniens de toutes les idées exclusives.

Savoir, c'est produire ou recevoir les impressions des idées et des objets que le monde extérieur nous présente , et les élaborer. Ce n'est
pas le résultat de la science , c'est le travail de
la science qui est véritablement intéressant ;

quand on n'arriverait jamais au but, peu importe pourvu qu'on en approche et qu'on marche toujours.

La perfection de l'intelligence humaine consiste dans une certaine réceptivité, comme dans une certaine activité spontanée et propre. Il faut que la réaction soit égale à l'action.

La méthode synthétique développe l'activité propre et spontanée, ou la force productrice de l'intelligence humaine ; la méthode analitique développe la réceptivité de cette intelligence. Or la perfection de l'homme résulte du développement harmonique de ces deux côtés différens de la nature humaine. La première, nous donne la forme sans la matière ; la seconde, la matière sans la forme.

C'est dans le premier âge que la réceptivité a le plus de force ; alors tous les sens sont ouverts à la nature entière, et la nature y précipite des flots d'impressions diverses. L'ame rassemble et prépare les matériaux de son travail. L'activité propre et spontanée doit paraître plus tard.

Cette multitude d'idées confuses, de faits entassés les uns sur les autres, d'images et de mots qui remplissent l'ame dans le premier âge, sont, pour l'ame, ce qu'est pour la terre, le

contact que le labour produit entr'elle et l'atmosphère. C'est le principe de sa fécondité.
L'ame se remplit de faits; quand on lui inocule
le germe de la pensée, ce germe attire à lui,
par des affinités secrètes, tout ce qui se trouvait
accumulé dans les profondeurs de l'ame. Le
développement se fait avec rapidité.

Alors l'homme suit, dans la marche de son
développement, la marche de la nature. Le
chaos saturé d'élémens matériels précéda la lumière; et c'est au milieu du chaos d'idées confuses, qui forment et doivent former le
premier apanage de l'homme, que l'homme
doit dire : *que la lumière soit !* et la lumière
sera.

Comme on prouve, par la nature de l'homme,
qu'il faut employer également les deux méthodes principales, on peut prouver la même
chose par la nature des sciences. Il y a deux
sortes de sciences : les sciences qui créent leur
objet, et qui construisent les êtres sur lesquels
elles opèrent; et les sciences à qui leurs objets
sont donnés, et qui tâchent de les connaître,
soit en les observant, soit en les analysant,
soit en faisant sur eux des expériences.

La méthode synthétique dans l'enseignement
n'est applicable qu'aux premières ; la méthode

analytique est la seule qui convienne aux secondes. Quand je pars d'une idée simple que je
produis, je procède de composition en composition ; quand je pars de ce qui m'est donné,
et ce qui est donné est toujours composé, ne
fût-ce que de l'objet et de celui qui se le repré-
sente, je procède de décomposition en décomposition, et j'arrive à ce qui est simple.

La méthode de Pestalozzi n'a fait une si
grande fortune que par ses affinités avec la manie générale de vouloir construire la nature.
Au fond elle n'est pas naturelle, c'est-à-dire
elle n'est pas conforme à la marche que suit
la nature dans le développement de l'homme
abandonné à lui-même. La nature ne va pas
du simple au composé, mais du composé au
simple.

Ce n'est pas sans doute une raison suffisante
de rejeter cette méthode, ni même de la combattre ; l'homme est un enfant de l'art ; il s'agit
seulement de savoir, dans chaque cas donné,
si l'art mène au but.

Or il me semble qu'il vaut mieux que l'homme
commence par la confusion des idées que de
commencer par la clarté. Plus tard il débrouille
cette masse d'idées confuses, que tout a con-
couru à lui donner. La lumière qu'il y porte

alors est à lui, et il déploie une plus grande activité.

D'ailleurs, en suivant cet ordre, l'homme ne risque pas de rejeter ce qui est par sa nature obscur, et ce qui doit le rester, c'est-à-dire le sentiment. Ce qu'il y a de plus réel dans l'univers et dans l'homme, ce qui a le plus de prix pour l'esprit et pour le cœur, ne saurait être ni construit, ni calculé, ni mesuré.

On ne peut donner aux enfans une idée intuitive que des grandeurs et des qualités sensibles. En voulant tout ramener à l'intuition, comme la chose est impossible, on risque de négliger tout ce qui est au-dessus des sens, ou de donner même des doutes sur l'existence de ces objets.

Peut-être le premier principe en fait d'éducation et d'instruction, c'est que, dans le choix de la méthode, il faut toujours se jeter du côté opposé à celui que la nature a déja soigné, enrichi, fortifié; il faut le faire de crainte que le développement de l'homme ne devienne un développement particl. Ainsi l'on empêche la formation des monstres dans l'ordre moral, et l'on n'arrête pas le développement des hommes de génie. Quand la nature a donné, à l'une des facultés, ou à l'un des penchans de l'homme, un caractère prononcé et décisif, en cultivant les facultés pour lesquelles la nature a fait peu de chose, on préviendra les écarts, les désordres, les défauts de goût ; mais on n'étouffera ni le génie ni le caractère.

Le choix de la méthode dépend donc du caractère individuel de l'homme à qui on l'applique, mais il faut dans l'instituteur un tact sûr et une grande pénétration pour distinguer et saisir les premiers signes, par lesquels le caractère individuel s'annonce ; car il ne se prononce tout-à-fait qu'à la suite de l'instruction et de l'éducation, c'est-à-dire après l'application d'une méthode quelconque.

Une méthode uniforme suppose qu'il n'y a point de différences individuelles caractéristiques et frappantes entre les hommes, ou tend à les effacer.

Or on ne peut pas nier que la beauté et la perfection de la société ne dépendent de l'immense variété des esprits et des caractères. La nature, qui jamais ne se répète, produit et amène toujours un nombre prodigieux de formes diverses. Dans l'ordre social, par l'uniformité des méthodes et des mesures politiques, on a l'air de vouloir effacer cette diversité : entreprise difficile, mais surtout dangereuse. La

II.   10

nature, plus active et plus forte que la volonté despotique de l'homme, se moque de ses efforts pour établir l'uniformité; et, quand l'homme, ne pouvant effacer la variété, se propose, dans ce qu'il fait, de n'y avoir aucun égard, ce qu'il méprise, ou ce qu'il veut oublier, n'en existe pas moins, et détruit son ouvrage.

Les esprits supérieurs diffèrent les uns des autres par la nature de leur ton dominant, et ce ton dominant est déterminé par la nature de la faculté qui l'emporte chez eux sur les autres. Chez les uns, c'est l'imagination; chez les autres, c'est le jugement. Les esprits ordinaires, chez qui il n'y a point de ton dominant, ne diffèrent les uns des autres que par le nombre d'idées ou de faits que leurs facultés leur ont permis d'acquérir, ou auxquelles ils les appliquent.

Il doit y avoir, et il y a en effet une bien plus grande variété encore dans les caractères que dans les esprits; or ce caractère constitue proprement l'homme; il est le résultat de toutes ses facultés, l'effet de toutes ses idées, de tous ses sentimens, de tous ses besoins, de toutes ses passions. L'esprit n'est jamais qu'un des côtés de la nature humaine, un de ses élémens constitutifs, ou un des principes qui déterminent le caractère.

De la variété des esprits, et de la variété des caractères, résulte déja la variété des méthodes d'éducation et d'instruction.

Elever, n'est au fond que l'art de donner à la volonté des habitudes qui puissent être converties en principes. Enseigner, instruire, est l'art de présenter aux facultés intellectuelles des objets qui puissent être convertis en idées.

Incliner la volonté à des objets purs, nobles, grands, à des actions difficiles, pénibles, mais méritoires, jusqu'à ce que la volonté y tende fortement par son propre ressort, tel est le but, et tel doit être le résultat de l'éducation.

Provoquer l'activité intellectuelle jusqu'à ce qu'elle n'ait plus besoin de provocation extérieure, et qu'elle vive de son propre feu, c'est instruire. Le jeune homme, le mieux instruit, n'est pas celui qui a le plus appris de choses, et qui sait le plus ; mais celui qui est le plus en état d'apprendre par lui-même.

L'éducation repose sur les exemples, les habitudes, les principes ; et le concours de ces trois moyens réunis donne au caractère de la trempe, de l'unité, de la fixité.

Les exemples donnent l'enthousiasme de la vertu ; les habitudes, le mécanisme de la vertu ; les principes, l'énergie de la vertu.

Alors seulement le caractère acquiert toute sa perfection ; elle consiste dans un certain mélange de raison et d'enthousiasme, de lumière et de feu.

Quand on ne veut développer qu'un des côtés de la nature humaine, l'éducation publique peut être excellente ; quand on veut former des hommes dans toute l'étendue du terme, elle ne vaut rien.

L'éducation domestique donne des habitudes d'autant plus fortes qu'elles peuvent être prises dès la première enfance, et qu'elle place l'enfance sous l'influence et le charme d'exemples chers et puissans. Par là même qu'elle offre de grandes facilités pour faire des observations et des applications individuelles, elle est plus favorable au développement du caractère, et même à l'originalité. L'éducation publique peut donner de la souplesse morale, de la modestie, l'habitude des complaisances et des sacrifices ; mais à coup sûr elle tend à effacer les différences individuelles. Pour être frappé de la vérité de ces conclusions, et pour en venir à des résultats décisifs, il faut comparer une bonne éducation domestique à une bonne éducation publique.

La méthode ne peut donc consister que dans

le choix et la gradation des objets, ou dans le choix et la gradation des facultés auxquelles on s'adresse, ou dans le choix et la gradation des moyens.

Cette définition seule de la méthode suffit pour prouver qu'il ne peut pas y avoir quelque chose d'universel en fait de méthode, et qu'il n'y en a pas qui ait une bonté absolue et générale.

Le seul principe qui soit peut-être d'une application universelle en fait de méthode, c'est qu'il faut faire trouver, découvrir, inventer aux jeunes gens les sciences et leurs procédés. La meilleure méthode est celle qui suppose le plus d'activité dans les esprits, ou qui leur en donne le plus.

FRAGMENS

ou

PENSÉES DÉTACHÉES.

PHILOSOPHIE. SYSTÈME.

Il y a deux sortes d'ignorance ; nous commençons par la première, nous finissons par la seconde.

Une ignorance qui naît d'une vue superficielle, est la mauvaise ; une ignorance qui résulte de ce qu'on a sondé la profondeur et la science est la bonne ; il faut aller la puiser dans ses sources.

Philosopher, c'est se rendre raison à soi-même de ses idées. De raison en raison, on arrive au problème fondamental, savoir à celui de la nature des êtres ou de l'origine de nos connaissances, que jusqu'ici on n'a pas su ré-soudre d'une manière satisfaisante pour tous les esprits.

La philosophie est peut-être moins une science qu'un procédé de l'esprit humain ; elle est le but de la raison , mais elle est surtout le mouvement de la raison.

L'ignorance raisonnée ou la conviction de l'impossibilité où se trouve l'esprit humain de dépasser certaines limites , est la science de l'homme.

Un système n'est autre chose qu'un ouvrage de l'art ; c'est une unité artificielle qu'on introduit dans une totalité de faits ou à laquelle on les ramène. C'est une vue de l'univers qui doit changer à mesure que les faits augmentent , ou bien lorsque l'unité elle-même devient multiple et qu'on y distingue plusieurs choses différentes.

Il y a peu d'hommes qui, ayant pensé de bonne heure , ne se soient pas fait un système dans leur jeunesse ; il y en a peu qui, dans la vieillesse , tiennent encore à ce système. Les plus mauvaises têtes ne sont peut-être pas celles qui n'ont jamais eu de système, mais celles qui, pendant toute leur vie , ont toujours été attachées au même.

Les êtres sont ce qu'ils sont ; il ne s'agit ni de les imaginer , ni de les arranger d'une manière arbitraire, ni de les créer. On ne peut donc pas suppléer à la connaissance par le génie. Quelque admirable que soit un système considéré comme ouvrage de l'art, il pourra ne rien signifier du tout sous le rapport de la vérité.

Les faits primitifs ou les premières conditions de la pensée sont la base qui doit porter l'édifice de nos connaissances. Il faut s'abandonner avec confiance à ces faits primitifs, ou renoncer à penser ; seulement il faut s'assurer qu'on est arrivé aux faits primitifs, et ne pas s'arrêter à des faits douteux ou à des faits dérivés. On doit piloter jusqu'à ce qu'on arrive à un fond solide ; mais il serait ridicule de prétendre arriver au noyau de la terre avant de poser la première pierre.

La paresse et la crainte attachent aux idées anciennes , et font rejeter les nouvelles. L'amour du repos, le goût de l'inaction , la crainte de bouleversemens, augmentent dans l'homme avec l'âge ; c'est ce qui explique ce qu'on appelle quelquefois, à tort, les préjugés des vieillards.

On forme sa maison, son établissement, sa

fortune en fait d'idées, comme pour tout le reste. A un certain âge, on répugne aux idées nouvelles, par la même raison qui fait qu'on craint de se déplacer. Les voyages ne conviennent plus. Les jeunes gens les aiment dans tous les genres, parce qu'ils ont une surabondance de forces dont ils s'imaginent n'apercevoir jamais le terme ni la fin.

Dans la jeunesse, on accueille les nouveaux systèmes avec plaisir, non-seulement parce qu'on ne s'est fixé nulle part, et qu'on choisit encore son domicile, mais parce que ces systèmes, ouvrages de vos contemporains, semblent vous appartenir. Dans la vieillesse et même dans l'âge mûr, les nouveaux systèmes blessent l'amour-propre ; ils appartiennent à une génération différente de la vôtre, et c'est en quelque sorte un mauvais compliment qu'elle vous fait.

Il n'y a rien de plus rare que d'avoir le courage de sa propre raison, et d'aller aussi loin qu'elle peut vous mener. On a quelquefois peur de sa raison, comme on a peur de son imagination. Les uns craignent que l'imagination ne leur fasse prendre des fantômes pour des réalités et ne leur fasse voir des spectres; les autres craignent presqu'à l'égal des premiers que leur raison ne dissipe des fantômes auxquels ils tiennent fortement, et ne leur fasse saisir une réalité devant laquelle ils reculent.

Quand on s'engage dans la profondeur de la spéculation et dans l'océan des existences, il faut renoncer, du moins momentanément, à sa terre natale et au toit paternel, où certains principes et certaines maximes servaient à vous abriter; mais il ne faut pas placer le but de la course dans la course même : il faut se proposer d'aborder quelque part, et de découvrir de nouvelles terres. Si on n'y réussit pas, on fera fort bien de rentrer dans la modeste baie où l'on avait mis à la voile.

En fait de philosophie, on est à la fois l'artiste, l'instrument et la matière première de son ouvrage; on file sa philosophie sans sortir de soi et sans secours étranger, comme l'insecte file sa toile.

On peut être philosophe sans avoir une philosophie; on peut avoir une philosophie sans être philosophe.

Une philosophie quelconque n'est jamais qu'une vue de l'homme et de l'univers; on n'adopte aveuglément celle des autres, que lorsqu'on ne sait pas voir soi-même; quand on voit par soi-même, on voit à sa manière, et plus

cette manière est originale, plus elle est in-
communicable.

Quand la philosophie d'un homme est son
ouvrage, elle lui appartient, et elle lui appartient d'autant plus qu'elle résulte de son être
tout entier, et qu'elle suppose l'activité et le
développement harmonique de toutes ses forces. Alors elle s'applique aussi à toutes ses facultés et à toutes ses forces, et elle les perfectionne. Au fond, la meilleure philosophie,
pour chaque individu, est celle qui, née dans
son propre sein, le conduit en même temps au
plus haut degré de perfection possible.

La philosophie est toute entière dans l'homme, on n'enseigne pas la vraie philosophie,
mais on peut accoutumer à l'exercice de la
pensée et diriger l'entendement dans cet exercice afin de faire arriver à une philosophie.

La métaphysique est la gymnastique de la
raison. Lorsqu'on a passé par certains exercices
de la pensée, l'esprit a pris une constitution
athlétique qui fait supporter facilement tous
les autres genres de travaux.

On conçoit que la plupart des hommes puissent ne jamais s'occuper de la philosophie, et
quoique toutes les idées y ramènent, et que
tous les objets y conduisent, ne jamais penser

à la grande question des existences ; mais on ne conçoit pas qu'on puisse y avoir pensé une fois et ne plus y revenir, sans qu'on ait résolu le problème ou démontré qu'il est insoluble. Telle peuplade sauvage qui habite une forêt placée à une grande distance de la mer, peut être assez occupée ou assez inactive, assez ignorante ou assez indifférente pour ne jamais pousser sa curiosité si loin ; mais celui que le hasard ou la curiosité y aurait une fois conduit, pourrait-il prendre sur lui-même de ne pas y retourner? Pourrait-il ne pas se demander, qu'est-ce qu'il y a au-delà de la mer, et quels sont les moyens de la franchir?

Il y a des doutes qui viennent uniquement de ce qu'on ne peut pas se détacher, fût-ce un moment, du monde sensible, pour se transporter dans le monde intellectuel. Il y a des doutes qui résultent de ce qu'on ne peut plus attribuer aucune espèce de réalité au monde sensible. Dans le premier cas, on doute de tout ce qu'on ne peut pas voir ; dans le second, c'est de tout ce qu'on peut voir qu'on doute et qu'on se défie.

L'incrédulité serait bien rare, si l'homme tout entier jugeait de la vérité ; mais ordinairement il établit pour juge une seule de ses facultés, et, dans la règle, c'est l'esprit, qui ne saisit jamais que des rapports.

On doit toujours éviter les contradictions, mais il faut prendre son parti sur ce qu'il y a nécessairement d'incompréhensible dans la religion ; car y prétendre, ce serait tomber dans une véritable contradiction, ce serait vouloir que l'infini fût fini. La principale source de l'incrédulité, c'est la prétention de vouloir comprendre Dieu et l'univers. Nous voulons assujétir l'infini sous le foyer de notre microscope.

Non-seulement il est plus honorable, mais il est encore plus utile de chercher la vérité sans la trouver, que de la trouver sans la chercher.

On sait par quels motifs on commence une dispute littéraire ; on ne sait pas par quels motifs on continuera le débat, et comment elle finira. Les idées que l'on soutient au commencement d'une dispute, ne vous font pas même soupçonner celles que l'on se trouvera soutenir au moment où la dispute se termine.

Si la vérité était un effet commerçable, et qu'on pût la vendre, comme la plupart des gens préfèrent ce qui a une valeur à ce qui a du prix, on la céderait à bon marché ; et tel ignorant ferait de la vérité la plus précieuse, ce que fit, après la bataille de Granson, le soldat suisse, qui vendit le diamant appelé depuis *le Régent* pour un petit écu.

Être conséquent aux principes une fois posés, est le mérite négatif d'un système ; cette conséquence ne prouve rien en faveur de la vérité du système, car les principes peuvent en être faux, mais elle prouve quelquefois la force de la tête de celui qui l'a conçu.

Souvent, moins un homme a l'esprit étendu et vaste, et plus il est conséquent ; il voit devant lui et en ligne droite ; il marche de même, et n'aperçoit pas tout ce qui se trouve à droite ou à gauche hors de son ornière.

Il y a tel système de philosophie où il n'y aurait rien de bon à prendre sans les inconséquences et les hors-d'œuvre de l'auteur. Les idées qui se trouvent hors de la chaîne, que le système n'amène pas, où qui même le combattent, sont les seules quelquefois qui offrent du neuf, du vrai, et prouvent de l'originalité. C'est comme tel mauvais poëme épique, qui ne se soutient que par les épisodes.

La force du caractère est tout-à-fait indépendante de la profondeur de la philosophie. Ce n'est pas le nombre, la liaison, la conséquence des idées, qui décident de l'énergie,

de la fermeté, de la persévérance d'action d'un
caractère. Tout dépend de la nature de l'idée
qui sert d'objet et de motif d'action, et du degré
de force avec lequel elle agit sur le caractère
et le caractère sur elle. C'est le cas de dire :

Un héros seul suffit , et vaut seul une armée.

Le défaut d'imagination ou le défaut de sensibilité, expliquent quelquefois ce qu'on appelle
un esprit conséquent. Ces deux défauts rendent
à certains esprits les mêmes services que les larges oreilles de cuir qu'on met aux chevaux et
aux mulets dans les pays montueux rendent à
ces utiles animaux : ils les font marcher sûrement dans le chemin battu, et, leur cachant les
précipices qui les environnent, les empêchent
d'y tomber.

Les divisions et les liaisons de nos systèmes
de philosophie ressemblent à ces lignes arbi-
traires que les astronomes tracent entre les
étoiles pour dessiner les constellations : ces figures servent à ranger les astres et facilitent
l'astrognosie, mais ces figures n'ont jamais rien
expliqué, et ne font pas connaître les lois des
mouvememens des astres. De même les divisions de nos systèmes mettent de l'ordre dans
les faits, mais ces divisions qui les lient en les

séparant, et les séparent en les liant, ne rendent pas raison de la nature des faits.

Ce que la cloche qui contient une certaine quantité d'air respirable, est pour le plongeur, le sentiment et le cœur le sont pour le métaphysicien qui plonge dans les abîmes de l'existence, afin d'y trouver la perle de la vérité; sans le cœur, on n'y descendrait pas sans danger; sans l'air vital du sentiment, ces recherches pourraient devenir funestes, et amener la mort de l'homme moral.

Le désespoir de la raison qui raisonne, et qui a tout voulu prouver par des raisonnemens, peut et doit même mener à ce calme réfléchi de la raison qui l'attache fortement à certaines vérités premières, vérités qui sont pour elle autant de points d'arrêt, qu'elle ne prouve pas par des raisonnemens, mais qu'elle saisit par une espèce de vue intérieure, et qui la constituent en quelque sorte.

La raison insolvable de Pascal cherchait et trouvait un asile dans le sein de l'Église, et sous les ailes d'une foi aveugle, comme en Angleterre les débiteurs insolvables, qui peuvent être saisis partout ailleurs, se sauvent dans le quartier du Temple. Quand on est à peu près ruiné, on s'estime heureux de trouver un asile,

II.   11

et de se mettre sous la sauve-garde d'un tuteur, fût-ce au prix de son indépendance et de la liberté de ses mouvemens.

On a étrangement abusé de la phénoménologie. Si les intuitions et les sensations ne nous offrent que des phénomènes, si les notions dans lesquelles on les place, et les principes d'après lesquels on les unit, ne sont aussi que des phénomènes constans du sens interne, si le moi lui-même n'est qu'un phénomène, quel est donc finalement l'être réel à qui toutes ces apparences apparaissent ? Cette phantasmagorie ressemble au repas du Barmécide dans les contes arabes, qui, à une table vide, servait des mets imaginaires dans des vases imaginaires. L'ombre d'un philosophe, rapprochant les ombres des objets sensibles des ombres des notions, rappelle ces vers de Scarron :

> J'ai vu l'ombre d'un cocher
> Frottant l'ombre d'un carosse
> Avec l'ombre d'une brosse.

Les souvenirs et les pressentimens ont des affinités, et se ressemblent par l'impression qu'ils font sur l'ame. Tous deux sont, de leur nature, des sentimens rêveurs, tristement doux, attendrissans, parce qu'ils ont tous deux quel-

que chose de ce vague qui tient à l'infini, et
que l'un et l'autre font ressortir le néant de
l'homme. Le passé s'est évanoui, et il est certain qu'il ne reviendra plus; l'avenir est très
incertain et dans tous les cas s'évanouira comme
le passé.

———

Il n'y a que deux manières d'envisager la
nature humaine. L'une, c'est de la regarder
comme but; l'autre de l'envisager comme
moyen. Dans le premier point de vue, l'homme
conserve sa dignité de tout; dans le second, il
est bien voisin de l'avilissement.

———

Il faut considérer l'homme tout entier, pour
le voir tel qu'il est et pour le juger; il
faut le développer tout entier pour faire de
lui tout ce qu'il peut être et ce qu'il doit devenir. Ne voir l'homme que dans l'esprit et dans
l'entendement, ou dans l'imagination et la sensibilité, c'est le mutiler dans le dessein de le
mieux connaître; c'est séparer ce que Dieu a
joint; c'est prendre un tuyau de l'orgue et se
persuader qu'il nous révèlera le mécanisme de
l'instrument tout entier, et renoncer de gaîté

de cœur à la puissance et à la beauté de son jeu magnifique.

———

C'est dans les profondeurs de l'ame qu'il faut aller chercher le secret de la vraie popularité. Les hommes diffèrent par la superficie, et ce qui est superficiel, ne sera pas toujours compris par tout le monde. Mais c'est par leur essence, et par leurs caractères intimes et secrets, que les hommes se ressemblent. C'est à ces caractères qu'il faut rattacher les vérités qui doivent être généralement senties et connues.

———

Le Français méprise ce qu'il n'entend pas, ou même s'en moque. L'Allemand admire volontiers ce qu'il ne comprend pas. L'un ne voit rien au-delà des bornes de son intelligence, et ne soupçonne pas même qu'il y ait quelque chose au-dessus. L'autre pressent du moins l'immensité de l'univers, et se doute que ce qui est infini doit nécessairement être obscur.

Les hommes supérieurs, en France, ont d'ordinaire une grande étendue d'idées, et cette flexibilité d'esprit qui fait que, sans adopter le point de vue des autres, on sait s'y placer, et épouser momentanément leurs opinions. Les

hommes supérieurs, en Allemagne, ont une
grande profondeur d'idées., qu'ils suivent avec
une rare conséquence, et ils y joignent une
certaine roideur d'intelligence qui les empêche souvent de saisir un autre point de vue
que le leur.

Il se peut que la différence que nous venons
d'indiquer, tienne à la différence des organisa-
tions; mais il se peut aussi que cette différence vienne de ce que le Français vit dans la
société, et le savant Allemand beaucoup plus
dans la solitude. Dans la société, on a égard
aux autres, et la politesse seule exige déja
qu'on les écoute, et qu'on tâche de les comprendre. Dans la solitude, on ne voit que soi.

———

Il n'y a que la philosophie des préjugés qui
puisse nous guérir des préjugés de la philosophie.

J'appellerais préjugés de la philosophie certains principes prétendus évidens, et certaines
maximes prétendues libérales, qui sont deve-
nus une espèce de monnaie courante, et qu'on
reçoit parce qu'on aurait honte de les rejeter.

J'appellerais la philosophie des préjugés la
conviction de certaines vérités, plutôt senties
qu'aperçues, plutôt aperçues que raisonnées,

qu'on adopte par instinct, par habitude, sur la foi de l'autorité, sans qu'on sache les développer, et qu'on puisse les prouver.

———

Plus il y a de mérite dans les individus d'une espèce, et moins on pense à l'espèce en les voyant.

SCIENCE, VÉRITÉ.

La science est toujours vaine et fausse, quand elle ne voit la raison que dans les raisonnemens, ou quand elle ne voit la vérité que dans l'instinct du bon sens, ou quand elle combat et nie les existences, à cause des obscurités que ces existences présentent.

Les premiers principes sont toujours des vérités de fait ou des vérités de sentiment; on ne les prouve pas, on les sent, on les énonce, puis on les développe.

On ne comprend aucune existence. Si l'on savait ce que c'est que l'existence, on saurait tout, et l'univers ne serait plus un mystère.

L'existence est en général ce qu'il y a de plus effrayant; l'habitude seule, en nous familiarisant avec elle, explique comment nous ne sommes pas saisis d'effroi à chaque instant en pensant à ce mystère ineffable. L'existence des plantes a peut-être quelque chose de plus saisissant encore que l'existence des animaux. La vie avec toute sa fraîcheur, et en même temps la vie tranquille et immobile, paraît plus inex-

plicable que la vie avec le sentiment et le mouvement. Les phénomènes que la seconde présente s'expliquent, ce semble, par un principe
intérieur, par la liberté; c'est sans doute une
illusion, car c'est l'existence de ce principe
intérieur qui est une véritable énigme, mais
cette illusion est bien naturelle.

C'est cette vie tranquille des plantes, jointe
à leur immobilité, qui leur donne un faux air
de perfection; et les hommes ont un air d'im-
perfection, précisément parce qu'ils sont perfectibles, et par conséquent toujours en action.
Les premières connaissent le repos, qui paraît
annoncer quelque chose d'achevé et de complet; les autres ont une mobilité ou une tendance continuelle au mouvement, qui semblent prouver que l'homme n'est encore qu'une
simple ébauche, et qu'il doit acquérir ce qui
lui manque.

La science par excellence, dans un sens
strict et absolu, est un être de raison. Elle a
pour objet les existences; elle veut les saisir,
les constater, les comprendre, les expliquer.
Quels moyens a-t-elle pour remplir son objet?
La base de la science est toujours ou donnée
ou créée. Est-elle donnée? cette base consiste
dans les faits, car les premiers principes, quand

ils méritent ce nom, sont eux-mêmes des faits primitifs. Ces faits sont donnés par les sens extérieurs ou par le sens interne. On fera bien de s'en tenir là, mais ces faits resteront toujours incompréhensibles. Nie-t-on que la base de la science soit donnée, et veut-on, comme quelques philosophes l'essaient, la créer? On partira d'une abstraction ou d'une définition quelconque, et l'on construira la science, comme l'on construit les mathématiques. Dans ce cas, en procédant logiquement on saura quelque chose parfaitement ; mais que saura-t-on ? son propre ouvrage. La science pourra bâtir un édifice superbe et savant, mais ce sera un édifice idéel, et il ne lui manquera que l'existence.

On peut parvenir au même résultat par un autre raisonnement. Il n'y a que deux méthodes de philosopher; la synthèse et l'analyse. La synthèse n'est qu'un jeu de notions, à moins que l'analyse n'ait précédé ; sans cela elle peut être parfaite, et cependant ne pas atteindre aux existences. Elle ne nous donne rien, nous lui avons tout donné. L'analyse part sans doute de quelque chose de donné ; mais ce qui nous est donné, est-ce une existence réelle, ou en le saisissant, ne saisissons-nous qu'un rapport? Voilà le mot litigieux, et qui le resterait toujours, si nous n'avions pas au dedans de nous un sentiment d'évidence irrésistible qui nous force de voir dans certains faits des existences réelles.

Toute connaissance suppose toujours l'existence, mais à l'existence ne correspond pas toujours une connaissance. Ce qu'on connaît, existe-t-il en effet ? Ce qui existe en effet est-il nécessairement connu ? Est-ce parce qu'une chose existe que je la connais? Est-ce parce que je la connais qu'elle existe? Le premier pâtre que vous interrogerez résoudra cette question : il lui sera peut-être plus difficile de la comprendre que d'y répondre : aucun philosophe ne saurait la résoudre. Si pour un certain ordre de faits, connaître et exister n'était pas une seule et même chose.

Bacon la décide en deux mots. *Veritas essendi et veritas cognoscendi idem sunt, nec plus a se invicem differunt quam radius directus et reflexus.* La vérité des existences et la vérité des connaissances sont une seule et même chose, et ne diffèrent que comme un rayon direct et un rayon réfléchi. Le philosophe anglais tranche ici en deux mots la question fondamentale de toute la philosophie ; car c'est d'elle que dépend toute la certitude de nos connaissances. Qu'est-ce que connaître ? qu'est-ce que la vérité

des existences? quels abîmes ! Avons-nous tort
de distinguer entre la connaissance et l'existence ? La seconde nous est-elle donnée dans la
première, ou la première dans la seconde? Mais
nous ne pouvons pas nous défendre d'admettre,
outre le monde des représentations, un monde
d'objets indépendans de ces représentations? Si
la connaissance et l'existence sont deux choses
différentes, comment nous assurer que la vérité de l'une est identique à la vérité de l'autre?
Il faudrait prouver pour cet effet que la vérité
logique et la vérité métaphysique sont une
seule et même chose? Pourquoi ne pouvons-
nous pas croire avec Bacon que ces deux genres
de vérité ne diffèrent que comme un rayon
direct et un rayon réfléchi? Pourquoi ne pouvons-nous prouver démonstrativement ni l'af-
firmative, ni la négative? Ce passage de Bacon
suffirait pour nous convaincre que cet esprit
d'ailleurs si profond n'avait jamais approfondi
du grand problème de l'origine des idées, et de
la réalité des connaissances humaines.

Dans la première jeunesse, lorsqu'on n'a pas
encore approfondi les sciences humaines, et
qu'on n'en a qu'une vue encyclopédique, on
croit qu'elles tiennent toutes fortement l'une à
l'autre. Quand on les considère d'un point de

vue plus vaste et plus élevé , on remarque que
la chaîne qui les lie n'est qu'apparente, et
qu'elles forment des masses isolées. Du fond de
la vallée de Chamouni , le voyageur croit que
toutes les aiguilles sont placées sur la même
ligne que le Mont-Blanc, et qu'elles sont étroitement unies à lui ; du sommet du Mont-Blanc,
Saussure vit que les aiguilles étaient séparées
de lui par de véritables abîmes.

Qu'est-ce qu'un individu ? qu'est-ce que tel
ou tel individu ? on le sait , on le sent , on ne
saurait dire en quoi il consiste. L'individualité
est l'écueil contre lequel vont échouer toutes
les définitions.

Les définitions expriment beaucoup mieux
les ressemblances que les différences ; mais
quand on connaîtrait toutes les différences , on
n'aurait pas encore l'être tout entier ; car c'est le
principe unique , le lien de toutes ces qualités
qui constitue proprement tel ou tel être individuel.

Toutes les sensations supposent un rapport
des objets de ces sensations aux êtres sensibles
qui les perçoivent ou les éprouvent, soit qu'elles
consistent dans l'impression que l'objet fait sur
nous sans aucun mélange de plaisir ni de peine,
soit que le plaisir ou la peine que l'impression

nous donnent dominent sur elle, l'effacent et
la fassent oublier. Cependant il y a une différence capitale et constante entre les sensations.
Nous rapportons les unes aux objets, et elles
nous servent à déterminer leurs qualités ; nous
rapportons les autres au sujet, et elles décident
de ses affections. Le jugement que nous portons
sur les premières est universel et absolu ; les
jugemens que nous portons sur les secondes
sont individuels et relatifs. Le fait est aussi
inexplicable que certain, et c'est sur lui que
reposent toutes les théories des sciences humaines. Comment des sensations, qui originairement dépendent toutes ensemble de rapports,
peuvent-elles conduire à des résultats tout-à-
fait différens ? Si les sensations dépendaient
toutes originairement de rapports, et n'étaient
que la perception de ces rapports, elles ne pourraient pas conduire à des résultats aussi différens, mais le fait est que les unes sont des perceptions d'existence, et les autres des impressions de simples rapports.

Il y a dans les contrées montueuses de riches
vallons, dont les paisibles et heureux habitans
n'ont jamais dépassé les limites : la nature leur
donne le nécessaire et même le superflu ; au-
delà des bornes de leur séjour natal, ils ne

trouveraient que des glaces, ou des rochers
arides et impraticables. Ainsi dans les vallées
de la science humaine, qui offrent beaucoup
de richesses, on devrait jouir en paix de ce
que la raison accorde et assure à la nature humaine, sans essayer de franchir ces hauteurs
qui se dérobent à nos efforts, et au-delà des-
quelles nous ne pouvons pas nous élever.

Une théorie dans un genre quelconque doit
inspirer de la défiance et paraître incomplète,
du moment où les faits la contredisent et la démentent. Les principes de droit, de morale, de
politique, peuvent être battus par les événemens, sans qu'on puisse et doive douter de leur
vérité et de leur certitude. Dans le premier cas,
la théorie doit descendre de son élévation pour
se rapprocher des faits, et se concilier avec
eux s'il est possible ; dans le second les principes doivent attendre les événemens : tant pis
pour eux, si ces derniers les combattent. Ici il
s'agit de ce qui doit être ou se faire, là de ce
qui existe en effet.

Nous ne pouvons pas concevoir une existence
différente de la nôtre ; nous pouvons bien savoir, par un effort de raison, qu'elle ne ressemble pas à la nôtre, et par conséquent savoir
ce qu'elle n'est pas ; mais nous ne savons jamais

ce qu'elle est; et pour notre propre existence, nous ne la concevons pas, nous la sentons.

L'ame ne connaît le monde extérieur que par ses sensations ; elle ne connaît ses facultés, que par leurs opérations diverses, et les forces en général que par leurs effets. L'ame ne connaît tous les objets, et ne connaît elle-même ses facultés que d'une manière médiate. Elle ne peut jamais se regarder elle-même que par le milieu d'une représentation quelconque ; elle a la conscience d'elle-même, en tant qu'elle a la conscience d'une représentation dont elle se distingue ; elle a la conscience de la conscience, mais c'est de de la conscience de tel ou tel objet, et non de la conscience en général. On peut penser cette dernière, et exprimer cette pensée par un signe, mais cette pensée ne sera jamais immédiate. Ce sera une abstraction de la conscience de soi. Elle sent la liberté ; et il se peut que dans certains momens elle la sente d'une manière immédiate ; mais le plus souvent elle la sent par opposition avec la nature ? n'est-ce pas parce qu'elle a la conscience de certains momens où elle veut parce qu'elle veut, et celle des actions qui suivent cette volonté tandis que autour d'elle tout cède à la nécessisé de la nature et qu'elle-même y cède souvent. Elle sent son existence, et ce sentiment est peut-être la seule perception immédiate.

Sur quel principe repose le principe que l'entendement humain modifie conformément aux lois de sa nature les objets qu'il saisit, et que c'est en lui, et non hors de lui, qu'il faut chercher les lois de nos connaissances? L'ame est une force ; cette force est ce qu'elle est ; elle a par conséquent une nature propre et des lois particulières ; et comme force elle a une tendance déterminée. Ainsi l'ame réagit sur les objets, et réagit sur eux d'une certaine manière ; en réagissant sur eux, elle ne les réfléchit pas comme une glace, mais elle les modifie à sa manière. Nos représentations ne sont donc pas des réflets fidèles des objets, mais des produits mixtes de l'ame et des objets. Nous ne pouvons pas conclure de ces représentations aux objets, mais il faut un travail préalable qui présente de grandes difficultés. Il consiste à séparer dans la représentation ce qui appartient à l'objet, de ce qui appartient au sujet. Mais ce raisonnement n'est juste que pour les représentations d'un certain ordre. Il ne peut et ne doit pas s'appliquer à toutes, car il est des représentations, qui s'annoncent à l'ame avec une évidence irrésistible, comme parfaitement

identiques et équivalentes aux existences, et
qui dans leur simplicité primitive ne présentent pas un mélange du sujet et de l'objet.

Il est singulier qu'on ait souvent accordé
beaucoup plus de certitude à l'ontologie qu'aux
autres parties de la métaphysique. L'ontologie
est la science des notions : si ces notions étaient
de véritables principes, si elles avaient de la
réalité, si par leur moyen on pouvait atteindre
les êtres, l'ontologie serait une science certaine, mais alors les autres sciences auraient
les mêmes caractères, car elle leur communi-
querait sa certitude. Il s'agit seulement au préalable de répondre à une question qui paraît insoluble, savoir, que sait-on en sachant les
notions ? que sont-elles ? ont-elles une vérité
et une réalité objectives ? Il est bien clair que
si l'on savait ce que c'est que l'être, on saurait
tout.

———

Ceux qui sont habiles, savans, grands dans
la théorie, le sont rarement dans la pratique.
La théorie est l'ouvrage de la raison ; on la
construit avec ce qu'il y a de plus général et
de plus absolu dans une science. Au contraire
la pratique est l'ouvrage de l'esprit. On y réus-

II.   12

sit par la connaissance des détails, et par l'application des principes.

———

Le paradoxe est le profil de la vérité.

———

Le caractère particulier et propre des différentes langues est à la fois l'effet et la cause de
la manière différente dont chaque peuple voit
les hommes et les choses. Ce sont autant de
moules dans lesquels se sont conservés les
traits, les formes, les modifications innombrables de la pensée.

———

La postérité juge autrement que les contemporains, et les contemporains autrement que
la postérité. Les uns sont trop près des évènemens ; l'autre en est trop éloignée. Chacun a
sa lunette, et ce sont les préjugés de la distance
qui la forment.

———

On peut appliquer à beaucoup d'ouvrages
d'érudition, qui contenaient des faits dont les
hommes de génie ont tiré dans la suite des résultats frappans : ils ont été semés en déshon-
neur ; mais ils sont ressuscités en gloire.

———

Beaucoup de choses paraissent neuves aujourd'hui, parce que les lecteurs sont neufs. Afin d'avoir le plaisir de la nouveauté, on a pris le parti de ne plus s'enquérir de ce qui est ancien.

———

A force de craindre le faux savoir, on est tombé dans l'ignorance. A force de craindre l'ignorance, on pourrait bien retomber dans le faux savoir.

PENSÉE. LIBERTÉ.

La raison ne connaît pas de vérités inutiles, ni de vérités dangereuses. Ce qui est, est ; on ne compose pas avec ce principe. C'est la seule réponse qu'il convienne de faire, et à ceux qui subordonnant tout aux besoins, demandent en fait d'idées : à quoi cela est-il bon ? et à ceux qui, cédant toujours à des appréhensions pusillanimes, demandent : où cela peut-il mener ?

L'esprit philosophique consiste éminemment dans l'analyse fine, délicate, suivie des idées ; il suppose de l'attention et de la sagacité. Le génie philosophique consiste dans une vue générale, élevée des faits qui, par hypothèse du moins, les ramène tous à une simple formule. Il suppose beaucoup d'imagination, mais un genre particulier d'imagination, non celle des images, mais des idées.

Aristote est un modèle d'esprit philosophique; Platon est un génie philosophique.

Un esprit qui réunirait toutes les qualités, qui joindrait la finesse à la profondeur, l'étendue à

la pénétration et à la sagacité, serait toujours
un esprit juste et verrait toujours bien ; mais il
est rare de trouver des esprits qui réunissent
toutes les qualités ; on n'a ordinairement qu'une
sorte d'esprit ; on est fin sans profondeur, ou
profond sans finesse, ou pénétrant sans étendue, ou étendu et superficiel.

L'esprit accuse le bon sens d'être un juge superficiel, et de manquer de délicatesse ; le bon
sens accuse l'esprit de subtilité. Aux yeux du
bon sens, l'esprit prend quelquefois la réalité
pour des apparences ; au jugement de l'esprit,
le bon sens prend les apparences pour la réalité.

L'œil nu saisit très bien les objets qui ne sont
ni trop éloignés, ni trop rapprochés de lui, ni
trop grands, ni trop petits ; le télescope et le
microscope lui seraient inutiles dans le cercle
de ces objets, et pourraient même provoquer
de sa part de faux jugemens. L'œil armé se
trompera, ou ne verra rien, ou il substitue
mal à propos l'un de ces instrumens à l'autre.
L'œil nu est le simple bon sens ; l'esprit est
l'œil armé. L'œil nu ne peut suffire hors de sa
sphère ; l'œil armé peut égarer le jugement,
si l'on ne se sert pas des instrumens avec habileté.

L'esprit de combinaison fait voir, découvrir, inventer ; il tire ses forces et ses moyens de l'imagination; l'esprit d'analyse fait décomposer et distinguer ; il doit ses ressources et ses succès à l'attention. La perfection consiste à les réunir et à les employer tour-à-tour.

L'esprit a bien souvent détruit l'ouvrage des hommes à jugement, et dérangé ou paralysé leur sagesse. Le jugement a bien souvent redressé les erreurs de l'esprit. On doit au jugement l'absence du mal qui ne s'est pas fait dans le monde ; on doit à l'esprit les changemens avantageux qui se sont faits dans le monde ; sans lui, rien ne se perfectionnerait.

Il semble que l'ame n'ait le sentiment de ses forces, et ne soit sûre d'elle-même que dans les momens où elle produit. Ce n'est que par la pensée et dans la pensée qu'elle se donne un certificat de vie.

Il y a une telle affinité entre la pensée et la parole, que la présence de la pensée appelle la parole, et que l'absence de la parole ôte tôt ou tard la pensée. Quand on n'ose pas dire ce qu'on pense, on finit par ne penser que ce qu'on ose dire.

Sans les signes, la pensée mourrait en naissant, ou ne naîtrait même pas. Il faut du moins

exprimer sa pensée mentalement; mais alors
on n'exprime jamais sa pensée, comme on l'exprime quand on la prononce tout haut. Pense-
t-on bas? on ébauche, on n'achève pas; on
trace des contours, on ne sait pas les revêtir de
chairs et de couleurs; et lorsqu'on est condamné
à ne penser que de cette manière, les contours
des idées deviennent peu à peu plus faibles et
plus insensibles.

La liberté est la seule force qui ait son point
d'appui en elle-même, ou plutôt qui n'ait pas
besoin d'un point d'appui.

Il n'y a proprement d'actions dans l'univers
que les actions libres; toutes les autres actions
sont des passions ou des effets déguisés; car elles
supposent toutes quelque chose qui les précède
et qui détermine leur existence.

Les connaissances qui devaient finalement
affranchir l'espèce humaine, et assurer sa liberté, ont été dans l'origine des instrumens de
tyrannie. Un peu de sciences et de lumières a
fondé le despotisme religieux et politique;
beaucoup de sciences et de lumières a détruit
le despotisme religieux et politique; une autre
direction donnée à ces mêmes moyens pourrait
peut-être le rétablir, et alors il deviendrait et
plus dangereux et plus durable.

Il y a deux sortes de merveilleux, celui de l'ignorance et celui de la science. On commence par le premier, on finit par le second. Le goût du merveilleux n'est au fond que le goût de l'infini.

Nous avons le désir de connaître la nature, de prévoir ses révolutions, et de les maîtriser s'il est possible; dans l'enfance de l'espèce humaine, on employait à cette triple fin la magie, la divination, les sortilèges et les conjurations; on leur a substitué depuis la science, la prévoyance et les arts : moyens sans doute imparfaits; car souvent la nature se dérobe à la science humaine, se joue de notre prévoyance, et, dans ses mouvemens et ses révolutions, dépasse de beaucoup les arts; mais on se contente de perfectionner ces moyens; d'un côté on n'attend et on n'espère pas tout d'eux ; car ils ne sauraient atteindre à tout; d'un autre côté l'on n'attend et l'on n'espère rien que d'eux. On ne cherche plus le merveilleux pour comprendre ou combattre la nature, mais on admire le merveilleux dans la nature, et on se résigne à le voir renaître des efforts mêmes que l'on fait pour le dissiper.

Les lois de la liberté tendent à soustraire l'homme, autant que possible, à l'empire de la

nature ; les lois de la nature tendent sans cesse
à entreprendre sur celles de la liberté. Plus on
fait la part de la nature petite , et celle de la
liberté grande , plus on devient homme.

La superstition, et toutes les prétendues sciences qui en dérivent , et qui à leur tour la fortifient, telles que l'astrologie , la magie et l'alchi-
mie , ne tiennent pas uniquement à l'ignorance
et à l'orgueil, ni à un esprit naturellement faux,
bien moins encore au goût du merveilleux, et
à la pusillanimité du caractère ; mais à la nature elle-même. Quels que soient les progrès
que nous ayons faits dans son étude, la nature
est et sera toujours immense et inconnue ; elle
nous étonne et nous confond tous les jours par
nos propres découvertes ; elle renverse ce que
nous regardions comme certain ; elle nous présente des combinaisons ou des faits que nous
jugions impossibles, et souvent ce que nous
appelons ses lois, disparaissant devant une loi
supérieure, ne s'offre plus à nous que comme
des exceptions. Ne pouvant connaître à fond
la nature , nous sommes réduits à l'imaginer ,
et l'imagination croit tout , s'attend à tout, rêve
le possible et l'impossible. L'immensité de la
nature , notre étroite et profonde ignorance ,
les miracles que nous avons déjà observés et

les miracles innombrables qui nous environnent
et nous échappent, tout donne aux rêves de
l'imagination une activité incroyable, et semble justifier ses conceptions les plus bizarres.
Sans doute, quand la raison se taît, nous devrions condamner toutes nos autres facultés au
silence; là où nous ne savons plus rien, nous
ne devrions pas non plus imaginer, et nous tenir sur la limite de notre horison sans diva-
guer au-delà. Mais cette force d'arrêt est rare;
le philosophe le plus sage ne l'exerce que par
intervalles; comment l'exiger et l'obtenir de
la masse de l'espèce humaine? La superstition
résulte donc de l'immensité des inconnues de
la nature, que l'homme ne sait ni dissiper, ni
méconnaître et nier, ni consentir à ignorer
entièrement, et de la tendance de l'homme à
placer quelque chose dans cette nuit épaisse et
dans cet océan incommensurable.

Les distinctions peuvent avoir été portées à
l'excès par les scolastiques; mais il est certain
que le talent de distinguer les nuances avec
justesse et avec promptitude est le seul moyen
d'arriver à la vérité; les êtres sont composés,
et l'on peut dire de chacun d'eux, qu'il tient à
tout, et qu'il tient de tout. Les idées sont com-
plexes; pour savoir quelle est la nature des

êtres et la nature de nos idées, il faut les décomposer, et distinguer l'un de l'autre tous les
élémens qui les constituent. La plupart des
disputes viennent de ce que l'un distingue plus
ou moins dans un objet qu'un autre; il y a de
la vérité et de l'erreur dans la plupart des jugemens, parce que ceux qui les forment ne
prennent pas la peine de faire assez de distinctions, ni de les faire assez fines et assez délicates. On affirme ou l'on nie d'un objet tout
entier ce qui ne convient qu'à l'une de ses parties : on attribue où l'on refuse à l'un de ces
élémens ce qu'on devrait attribuer à un autre.
Les conjonctions et les adverbes dans les langues
indiquent déja clairement que la pensée ne peut
et ne doit procéder que par distinctions; mais,
cependant, pourtant, toutefois, etc., etc.

La puissance de la nature et celle des hommes
expirent sur les limites du monde invisible, et
l'ame est le sanctuaire de la liberté ; sanctuaire
impénétrable et incorruptible, quand l'ame
elle-même n'est pas corrompue et ne se vend
pas. Qu'il est heureux que la pensée ait un asile
inviolable et qu'on soit le maître de son secret !

Tout comme on n'accuse pas les observations
microscopiques de subtilité, il ne faudrait pas
accuser légèrement de subtilité les observations

et les expériences psychologiques qui portent
sur ce que l'ame a de plus délié, encore bien
moins les rejeter sous ce prétexte. Il faudrait
simplement demander : sont-elles vraies? et
dans ce cas admirer la persévérance, la patience, la force d'attention de celui qui les a
faites.

Ce qui produit cette différence dans les jugemens, c'est qu'il est bien plus difficile d'observer et de constater par le sens interne les
faits du moi ou du principe de la pensée, que
d'observer et de constater les faits de la nature
par les sens externes. Non-seulement les observations du premier genre sont plus difficiles à
reproduire et à recommencer, parce qu'elles
sont fugitives, mais encore et surtout, parce
qu'elles exigent un plus haut degré d'attention,
de volonté, d'abstraction. Observe-t-on la nature, on s'oublie soi-même, pour vivre dans
l'objet et ne voir que lui; tout en dirigeant les
sens, on cède à leur empire. Observe-t-on le
moi, il faut oublier la nature entière, vivre
de sa propre substance et y concentrer ses forces.
Il coûte toujours moins de peine d'observer
avec un instrument, que d'observer l'instrument lui-même.

On ne devrait jamais parler de la liberté de

penser. Rien de plus indépendant. Inaccessible
à toute espèce de contrainte, invisible et active,
elle échappe à l'esclavage. Aucune puissance
humaine ne peut la gêner. Vous-même ne pouvez pas penser à votre gré. Vous pensez comme
vous pouvez et non toujours comme vous voulez. On peut, par une mauvaise éducation,
paralyser dans un homme la faculté de penser,
mais on ne saurait le contraindre à penser d'une
certaine manière ; la défense et l'ordre, la pu-
nition et la récompense n'ont point de prise
sur cet objet.

On ne sait pas ce qui est généralement utile
ou nuisible en fait d'idées. Il n'y a point d'idée
qui ne puisse faire beaucoup de bien et beaucoup de mal. Tout dépend de la tête qui les
reçoit, des idées auxquelles elle s'associe, des
conséquences qu'on en tire, et de la manière
dont on les applique. Toutes les idées peuvent
devenir des poisons, et il n'y en a aucune qui
soit décidément et dans tous les cas un poison.
On ne saurait donc partir de la nature d'une
idée, pour empêcher ou accélérer sa circulation, car ce prétendu principe est tellement
vague, que selon qu'on l'applique on peut empêcher la circulation de toutes les idées et les
favoriser toutes.

———

La solitude rend ceux qui sont bons encore meilleurs, mais elle rend peut-être aussi les méchans plus mauvais. Comme elle rapproche les hommes d'eux-mêmes, elle doit faire sur eux, selon qu'ils sont bons ou méchans, l'effet de la bonne ou de la mauvaise société. De plus, le contact avec l'opinion peut souvent affaiblir les bons principes, mais ce même contact tient les mauvais en respect.

La solitude développe les esprits supérieurs; elle abêtit les hommes médiocres. Les premiers se fortifient par l'habitude de méditations suivies et profondes. Les seconds, qui tirent leurs alimens du dehors, s'affaiblissent par leur isolement même, et perdent toute espèce d'activité.

Cependant en général il est vrai de dire, qu'il faut avoir l'esprit bien fort et bien actif pour se développer dans la solitude; car on y vit de sa propre substance. Les frottemens des esprits n'y existent pas; il faut faire jaillir la pensée du sein de la pensée elle-même. On a facilement le dernier mot avec les livres, et comme les auteurs ne sont pas là pour défendre leurs idées, les livres ne demandent, et ne provoquent pas une grande activité de notre part. En lisant nous ne nous comparons qu'a-

vec les absens que nous attaquons d'ordinaire
avec toutes les lumières de notre siècle, lumières que nous employons, comme si c'é-
taient les nôtres. De là vient que la solitude
donne de l'orgueil au caractère, et de la rai-
deur à l'esprit. L'intelligence y devient facilement exclusive ou étroite.

Il n'y a donc que la solitude et la société qui
puissent, en se tempérant réciproquement, assurer le véritable développement de l'homme.
Pour exercer toutes ses facultés, il faut les
mettre en contact avec celles des autres.

Quelque étendue que soit la raison d'un
homme, ce n'est jamais qu'un côté de la raison humaine. Seule, abandonnée à elle-même,
se développant par ses propres forces, la raison de l'homme de génie lui-même paraît toujours extrêmement bornée. On ne peut juger
de la force de la raison humaine qu'en la voyant
dans le plus grand nombre possible d'intelligences, qui réfléchissent, et réfractent la vérité, chacune d'une manière particulière. Il
faut donc se mettre en contact ou en rapport
avec le plus grand nombre d'intelligences possible, afin d'éviter le cercle étroit dans lequel
notre raison nous tiendrait captifs.

Les ruines faites par les passions èt la fureur des hommes nous attristent, nous dégradent, et nous rapetissent à nos propres yeux. Les ruines du temps et de la nature nous inspirent une sorte de mélancolie voluptueuse qui nous élève, et nous donne une sorte de grandeur. Les premières sont l'abus de la liberté, les secondes en sont le triomphe. Les unes sont l'orgueil de la pensée, les autres en sont l'opprobre. Quand on voit les premières, on se dit que l'homme est le plus grand ennemi de l'homme, et l'on gémit de ce qu'un être aussi faible, aussi impuissant, aussi éphémère, n'ait pas même pitié de son semblable. Quand on considère les secondes, on sent que la pensée qui réfléchit sur le temps et sur la nature, est plus forte et plus durable que la nature et le temps. Ces ruines qu'il a fallu des siècles pour produire, font ressortir la grandeur de l'homme, qui, dans ses ouvrages, engage pour des siècles la lutte avec le temps, tandis que ces ruines d'ouvrages d'hier annoncent la faiblesse du pouvoir créateur, ou la force du pouvoir destructeur de l'homme.

Il y a dans la nature qui détruit, une grande puissance, et une puissance soumise à des règles, une puissance immortelle et réparatrice. Toūtes ces idées accessoires embellissent les ruines de la nature. Il y a dans l'homme qui détruit, une impuissance physique, et une impuissance morale, qui annoncent le mépris de toutes les règles. Cette idée rend les ruines opérées par l'homme, véritablement hideuses.

Les ruines de la nature et du temps ne blessent pas les sens ; celles qui sont l'ouvrage de l'homme, révoltent les sens. L'action lente de l'air, de l'eau, du feu, que la nature et le temps emploient dans leurs destructions, comme dans leurs productions, donne une sorte d'élégance et de beauté aux ruines qui ne sont pas l'ouvrage de 'l'homme. Ces dernières au contraire, opérées par des moyens violens, par des actions subites, promptes, n'ont rien que de repoussant.

———

Le silence et la parole sont également nécessaires au développement de la pensée. On la conçoit et on la couve dans le silence ; on la perfectionne, la polit, l'achève par la parole. La pensée est comme la plante qui pousse ses racines dans les profondeurs obscures du sol, et qui a besoin de la lumière et de l'atmosphère pour porter des fleurs et des fruits.

———

II.   13

Il faut prévoir ce que la nécessité amènera, et vouloir toujours et d'avance ce qu'elle nous forcera de faire ou de supporter. C'est le seul moyen de sauver sa liberté du naufrage.

La résignation est la soumission réfléchie d'une intelligence finie à l'intelligence infinie, de la liberté de l'homme à la liberté de Dieu.

Dans un État bien constitué, on n'est véritablement libre, que lorsqu'on veut ce que veut la volonté générale, c'est-à-dire, la loi. Dans la grande cité de l'univers, on n'est véritablement libre, que lorsqu'on veut ce que veut la volonté souveraine, qui se manifeste dans les lois de la nature, et dans les lois morales.

Le vrai moyen de se trouver au niveau, et même au-dessus des évènemens malheureux et imprévus, est d'être préparé à tout. Pour cet effet, il faut être sûr de soi et de sa liberté, il faut que l'ame, sa volonté, ses principes, soient à l'abri et au-dessus du hasard; il faut qu'il y ait un point fixe dans l'univers, au milieu de la prodigieuse mobilité des choses humaines.

Peu de besoins physiques, beaucoup de besoins intellectuels, tel est le secret de l'indépendance et de la vraie richesse. Avec beaucoup de besoins physiques, on serait esclave;

on n'aurait ni le temps ni les moyens de développer son ame. Avec peu de besoins intellectuels, et peu de besoins physiques, la vie serait pauvre, maigre, vide; ce serait une espèce de végétation. Peut-être un plus haut degré de perfection serait celui où l'on aurait un grand nombre de besoins physiques, sans en être esclave, où l'on posséderait tous les avantages matériels de la vie sans y tenir fortement, et où l'on connaîtrait le plus de besoins intellectuels possible avec tous les moyens de les satisfaire.

———

Dans l'histoire tout entière, on voit clairement que les circonstances sont essentielles au succès du génie. Le génie peut rarement les prévoir, plus rarement les préparer, et les faire naître. Sa puissance et son mérite consistent à savoir les employer.

Le génie, sans les circonstances, est un artiste sans matériaux et sans instrumens. Les circonstances, sans le génie, sont des matériaux et des instrumens sans un artiste, qui sache les mettre en œuvre. Dans l'un et dans l'autre cas, on ne verra paraître aucun ouvrage de l'art qui mérite une véritable admiration.

La sagesse et la grandeur consistent à employer le hasard, c'est-à-dire les évènemens imprévus, et à se soumettre à la nécessité. L'une suppose un esprit libre et actif, l'autre un caractère libre et ferme.

———

Il y a des idées tellement fines, délicates, intellectuelles, qu'on ne peut les saisir qu'en les liant à quelque chose de matériel. Alors seulement elles font effet, et peuvent agir sur nous.

———

Les grandes villes donnent beaucoup d'indépendance à ceux qui y vivent, et leur présentent en même temps une grande variété d'objets. Elles favorisent donc également le travail de l'intelligence, et l'énergie du caractère. Dans les petites villes, il y a beaucoup de dépendance et d'uniformité. Elles doivent donc rétrécir le caractère et l'esprit.

———

Le ressort de la vanité est peut-être nécessaire pour amener cette circulation active d'idées et de sentimens qui entretient le mouvement de la conversation. Les grands ressorts de la nature humaine amènent les grandes pensées et les grands sentimens; mais ce sont

des vins trop forts, et des alimens trop subs-
tantiels pour une simple collation.

Dans les entretiens, la marchandise légère
est à sa place. Ce serait une profanation de
porter dans les sociétés des sentimens trop profonds, ou trop de pensées élevées et grandes.
La plupart des hommes ne méritent pas qu'on
leur révèle son ame tout entière, et la plupart
même ne le désirent pas.

———

Les actions singulières sont beaucoup moins
rares que les pensées originales. Les passions
inspirent les premières; l'esprit et le génie
peuvent seuls enfanter les autres

———

Il y a une si grande différence entre l'intelligence et la volonté, et souvent si peu de
communication entre elles que ceux qui, dans
la théorie, disent *non* à tout, et sont de véritables Pyrrhoniens, ne savent dire *non* à rien
dans la vie commune, dans la pratique, et sont
des êtres faciles, faibles et sans caractère.

———

La vie, dans sa totalité, ne doit jamais ressembler au jeu, ni le jeu ressembler à la vie.

On ne doit vivre ni pour s'amuser, ni pour gagner de l'argent, ni pour tuer le temps, et l'on doit tout aussi peu porter dans le jeu le sérieux de la vie, encore moins y attacher trop de prix et d'importance. Mais chaque portion de la vie doit ressembler au jeu, relativement à la liberté d'esprit, et d'imagination, que l'on doit toujours y conserver.

———

L'ennui vient quelquefois d'un défaut, et quelquefois d'un besoin d'activité. L'ennui du premier genre conduit à une vie d'emprunt, celui du second à la réflexion. Quand on sait penser, et que le monde extérieur vous manque, et vous laisse à vide, on se replie sur soi-même. Quand la pensée manque, on demande et l'on cherche avant tout des sensations agréables.

NATURE. RELIGION.

—

Aimer la nature, c'est l'aimer pour elle-même et ne voir que sa beauté et sa perfection, sans penser aux rapports de ses productions avec les besoins et les plaisirs des hommes et des autres êtres sensibles. On ne l'aime pas, quand on n'aperçoit dans ses ouvrages que des instrumens et de simples moyens.

L'utilité de la nature est son côté prosaïque; la beauté seule constitue la poésie de la nature.

L'étude approfondie des parties de la nature éclaire l'esprit et parle à l'esprit; mais les vues de l'esprit ne sont pas encore des aperçus de l'ame. L'esprit circonscrit, détermine, limite les objets; sa perfectibilité est indéfinie, mais dans chaque moment de notre existence, il est fini, et ne donne aussi que des résultats finis. L'ame, dans les sentimens qu'elle éprouve et qu'elle inspire, a quelque chose d'infini et d'illimité; elle s'étend, se jette, se perd volontiers dans le vague, qui ne lui offre pas de bornes. Si la connaissance de la nature nourrit la sensibilité, c'est que ces connaissances percent et ouvrent de nouvelles vues à l'ame, et lui procurent la jouissance d'un vaste lointain. D'ailleurs ces connaissances, qui sont des idées précises et distinctes dans les momens où l'esprit juge, redeviennent vagues et confuses dans ceux où l'ame jouit.

La religion, dit-on quelquefois, est nécessaire au peuple. Comme la religion est sans contredit ce qu'il y a de plus pur, de plus grand, de plus auguste dans la nature humaine, ceux qui tiennent ce langage prouvent, sans le savoir, qu'ils estiment beaucoup le peuple, ou qu'ils s'estiment bien peu eux-mêmes.

Ceux-là sont irréligieux qui ne soupçonnant pas même ce que c'est que la religion, parlent sans cesse de son utilité. — Parle-t-on de l'utilité du beau et du sublime?

Voir dans la religion un simple moyen, et l'employer uniquement à défendre, à conserver, à embellir la vie animale, c'est employer le feu sacré à chauffer son poële et à préparer ses alimens.

Les beautés célestes, les charmes secrets et divins de la religion se révèlent aussi peu à toutes les ames, que les beautés de la poésie, de la musique et des arts plastiques. Aurait-on bonne grâce d'attaquer la réalité de l'art, par la raison que les hommes grossiers ne se doutent pas même de ses secrets?

Quand un peuple est religieux et qu'il admet quelque chose qu'il ne voit pas, au-delà ou au-dessus de ce qu'il voit, les grandes catastrophes politiques qui lui enlèvent son existence, sa constitution, sa patrie, ne le plongent ni dans l'indifférence, ni dans l'égoïsme. La religion lui offrant quelque chose de spirituel et d'immuable, lui conserve de l'intérêt pour ce qui seul a du prix. Quand un peuple est sans religion, et que quelque révolution bouleverse l'État et la constitution qui lui inspiraient encore quelques affections désintéressées, il ne s'intéresse plus à rien et il tombe dans le plus affreux égoïsme. Rome sous les empereurs en offre une preuve effrayante.

Employer les principes de la morale et de la religion à faire commettre des crimes, c'est prendre du feu sur l'autel de Vesta pour allumer un incendie; couvrir la pourriture de ses actions de phrases et d'expressions saintes, c'est ajouter la dérision à l'insulte, c'est outrager la vertu par l'hypocrisie de son langage, plus qu'on ne le ferait par la franchise du désordre. Messaline, en se dérobant la nuit du palais des Césars, pour aller prostituer aux porte-faix dans les carrefours de Rome, l'épouse de l'empereur et la mère de Britannicus, prenait le vêtement d'une courtisane, et non celui d'une prêtresse qui va sacrifier sur les autels de la chasteté et de la pudeur.

L'esprit de la philosophie est souvent un dissolvant qui décompose les sentimens, les idées, même les facultée de l'ame ; la religion est un principe d'unité qui rattache, rallie à l'être infini toutes les existences finies, à l'amour de l'infini tous les sentimens, et aux principes éternels toutes les idées.

Il y a de belles et grandes masses dans le culte catholique, mais la multitude de rites mesquins et de petits mouvemens qui sont mêlés aux premières, détruisent ou du moins affaiblissent leur effet. Ces détails gâtent l'ensemble comme trop d'ornemens de détails nuisent aux beautés des grandes parties dans les bâtimens gothiques, ou comme l'abondance de figures ôte toute grandeur aux compositions oratoires.

En général, de petits mouvemens qui se succèdent avec rapidité sont absolument contraires à la grandeur, à la majesté, au sublime ; ils fatiguent l'ame sans l'émouvoir et ne lui permettent pas de recevoir des objets des impressions profondes, ni de rentrer profondément en elle-même. Dans les arts, l'histoire, l'éloquence, la poésie, la religion, il faut des masses imposantes, comme dans la nature ces grandes, hautes, puissantes vagues de la mer.

Il n'y avait rien d'infini dans la religion des Grecs ; tout y était clair, transparent, régulier, fini comme les temples des dieux ; aërien et léger, comme les colonnes que les voûtes des temples portaient. Dans la religion chrétienne tout est sombre, mystérieux, profond, infini, comme les nefs obscures et les noirs vitraux des églises gothiques : le caractère des deux religions se peint parfaitement dans l'architecture des deux âges ; tout est beau dans l'une ; tout est sublime dans l'autre.

Sénèque dit quelque part qu'on ne rougit pas d'adresser à Dieu des vœux, ou d'en former en secret, qu'on rougirait d'avouer aux hommes. Cette contradiction peut sans doute venir quelquefois de ce que l'on craint que les hommes ne combattent des vœux qui ressemblent à des projets et demandent du secret pour réussir, souvent encore de ce que des vœux innocens, peut-être même louables , pourraient paraître ridicules aux yeux des hommes.

Comme les fleurs exhalent quelquefois leurs plus doux parfums vers le soir , ainsi certaines ames ne révèlent le secret de leurs richesses , et ne sont jamais plus grandes , ni plus sublimes qu'à l'heure de la mort.

C'est dans le silence de la nature que l'ame s'entend elle-même , et qu'elle croit entendre l'ame universelle ; ces sentimens ont quelque chose de vaste et de vague, parcequ'ils portent sur le monde invisible. De là vient que le silence de la nature est sublime ; car tout ce qui est vague , réveille en nous l'idée, et le sentiment de l'infini.

Il y a entre la religion du jeune homme sensible et poétique, et la religion de ce même jeune homme mûri par l'âge , la différence qu'il y a entre l'amour et l'union conjugale.

Ce n'est pas l'immortalité, c'est la mort qui

serait inconcevable, si elle était autre chose que le principe d'une vie nouvelle.

———

Plus on pense avec profondeur, et plus on se détache du monde visible ; plus on est capable d'actions énergiques et fortes, et plus on est au-dessus du monde visible. Dans les deux cas, en acquérant des preuves de l'indépendance de l'ame, on en acquiert de son immortalité.

———

Les dernières paroles des mourans, quand elles sont simples et touchantes, font un grand effet. C'est une belle finale dans un concert.

Un mourant est un homme placé sur la limite des deux mondes. Il juge mieux celui qu'il quitte, et il pressent déja celui auquel il appartiendra un jour.

———

Au mal que les hommes nous font, il faut opposer le calme de l'innocence ou la noble fierté de la vertu, qui est très compatible avec l'humilité chrétienne ; au mal que nous fait la nature, les larmes du sentiment, et la fermeté que donne la religion. Les victimes des hommes doivent exciter une indignation géné-

reuse ; il faut garder sa pitié pour les victimes
de la nature.

———

La vie sociale, qui se compose des affaires
et des sociétés, éloigne de Dieu, et rapproche
des hommes.Cette vie est inséparable d'une inquiétude constante, d'un mouvement vague et
souvent désordonné. Il semble quelquefois qu'il
n'y ait rien de fixe, de nécessaire, d'éternel
dans la vie sociale. Au contraire la contempla-
tion de la nature rapproche de Dieu, et éloigne des hommes ; parce qu'on y voit l'ordre, et
que tout y est calme, lent, réglé, uniforme,
égal à lui-même.

La nature nous révèle, non-seulement l'u-
nivers et Dieu ; elle nous révèle encore à nous-
même. Dans la société, l'homme perd non-seulement de vue Dieu et l'univers, il se perd
aussi de vue lui-même.

———

Il y a des ames tellement riches, que, dans
leurs développemens successifs et graduels,
elles semblent pouvoir remplir l'éternité. Ces
ames prouvent l'immortalité de notre être. Il
y a d'autres ames qui paraissent tellement au
niveau des misères de la vie humaine, qu'il

semble que l'étoffe manquerait., si l'on voulait faire d'elles autre chose que ce qu'il faut pour la vie actuelle ; et ces ames paraissent au premier coup d'œil démentir la doctrine de l'immortalité.

———

Les orgues célèbrent la grandeur de l'être infini, comme le célèbre la mer par le mugissement des vagues , ou une vaste et antique forêt de chênes , dont le vent agite la cime , et qu'il parcourt en longs sifflemens. Cet instrument que les anciens ignoraient, et qui , par sa majesté, sa force, sa puissance, et son immense étendue, paraît seul à l'unisson de l'infini, et seul était digne par conséquent de présider au culte des chrétiens.

———

Les hommes sont quelquefois irréligieux dans leur piété même. Oubliant que Dieu est le Dieu de l'univers et de l'éternité , ils veulent le resserrer sur un point de l'espace, et dans un moment de la durée. Ils assignent la providence à paraître dans un lieu et à un jour marqué, pour prouver, par des exemples décisifs et saisissans, qu'elle sait punir l'injustice, et faire triompher la vertu. On dirait que la

meilleure preuve de la sagesse divine, c'est
de la placer au niveau de la sagesse humaine,
la voir marcher toujours sur la même ligne,
dans le même sens, et de pair avec elle. On
dirait que le ciel est dans la dépendance de
l'homme, et que, sous peine d'être congédié,
Dieu doit, en bon et fidèle serviteur, s'acquit-
ter à l'heure de la tâche qui lui est imposée. On
dirait que l'éternel, et immense plan de la Providence, qui s'étend dans toute la durée des
siècles, sur le vaste théâtre de l'univers, doit
ressembler au plan d'une pièce dramatique,
qui est calculée sur trois ou quatre heures de
temps, faite pour être jouée sur quelques plan-
ches, et qui, à l'entrée de la nuit, doit ren-
voyer les spectateurs chez eux avec une bonne
leçon.

Les hommes croient facilement à la fatalité,
et aux prophéties, dans les temps malheureux.
Cette croyance leur fait oublier qu'ils ont eux-
mêmes fait leur passé, et qu'ils doivent eux-
mêmes faire leur avenir. Ainsi leur amour-propre se console d'avoir gâté l'un, et leur paresse
s'accommode beaucoup de ne pas préparer
l'autre.

Les passions satisfaites s'éteignent par la jouissance, et dans la possession de leur objet, parce que cet objet est toujours au-dessous de l'imagination, qui, dans l'éloignement, lui prêtait un charme illusoire. Les sentimens religieux, et les affections morales, ne sont jamais satisfaites, car l'imagination est ici toujours au-dessous de la réalité, et les objets ont un prix infini.

———

Quelque importante et sacrée que soit la relation qui lie le citoyen à l'État, celle qui lie l'homme à Dieu l'est bien davantage. Il y a entre elles la même différence qu'entre le fini et l'infini, entre le temps et l'éternité.

———

Il y a des objets qui n'existent que dans le sentiment. Il faut les laisser dans leur état d'enveloppement, et dans une espèce de clair-obscur. Le développement, et le grand jour, leur seraient contraires. De ce genre sont tous les objets religieux. Les femmes sont dans la règle plus religieuses que les hommes, parce qu'elles raisonnent moins le sentiment.

II.   14

Les femmes ont un caractère naturellement
poétique. Elles ne séparent jamais l'idée, ni le
sentiment, des formes qui les couvrent, et les
révèlent en même temps.

BEAU, ARTS, STYLE.

—

Un objet n'est pas beau parce qu'il plaît, mais il y a des objets qui plaisent parce qu'ils sont beaux. Une des causes principales des jugemens contradictoires qu'on porte sur les plaisirs du goût, c'est qu'on oublie que la beauté n'est pas l'unique principe de nos plaisirs.

Un des traits caractéristiques du beau, c'est la contradiction apparente qu'il renferme ; d'un côté, le beau est relatif, c'est un rapport de plaisir ; de l'autre, le jugement que nous portons sur ce plaisir prétend, par sa nature, à une sorte d'universalité. Quiconque dit d'un objet qu'il est beau, dit, par cela même, que les autres doivent aussi le trouver tel. Son jugement pourra être rejeté par tous ceux qui vivent avec lui, et il croira cependant que son jugement mérite d'obtenir l'assentiment universel. On ne pourra jamais lui dire avec vérité, votre jugement peut être juste, mais il n'est juste que pour vous, et vos prétentions sont absurdes. Il faudra lui prouver que son jugement est faux , qu'il nomme beau ce qui ne l'est pas , et alors ses prétentions tomberont d'elles-mêmes.

La poésie ancienne est fraîche , **vive** , brillante comme l'espérance ; la poésie moderne est douce, touchante, triste comme le souvenir.

L'enflure dans la poésie et dans l'éloquence est à l'élévation et à la majesté ce que l'hydropisie est à l'embonpoint.

Quand on traduit ou qu'on imite un poète , il faut se demander comment il aurait parlé s'il avait parlé notre langue , et alors la traduction deviendra libre et heureuse ; on donnera aux lecteurs la sensation que leur aurait donnée l'original , tandis que le poète sera méconnaissable , si on le traduit servilement. C'est en général de cette manière qu'il faut suivre l'exemple des grands hommes, non pas en faisant ce qu'ils ont fait dans les circonstances où ils se sont trouvés , mais en faisant tout ce qu'ils auraient fait dans les nôtres.

Une production intéressante peut fort bien ne pas être belle , un bel ouvrage peut ne pas être intéressant. Le plaisir du beau est froid , mais pur ; le plaisir que donne ce qui est intéressant est peut-être plus vif , mais aussi plus mêlé d'alliage. L'intéressant est plus relatif à l'individu ; le beau a quelque chose de plus absolu et de plus universel. Un objet est intéressant pour nous , quand il a certains rapports. avec nous ; le beau suppose dans l'objet lui-même certaines qualités ou certains caractères.

Si la simplicité de l'expression relève la grandeur de la pensée , la grandeur de la pensée fait aussi paraître quelquefois l'expression simple.

C'est la même pensée , dit-on quelquefois , l'expression seule diffère ; mais si les deux expressions sont différentes, quoique toutes deux belles , justes , pittoresques , ou que l'une d'elles ait seule ces caractères , il est clair que ce n'est pas la même pensée ; car il faut que l'un des auteurs ait senti et indiqué , ou négligé et méconnu des rapports qui avaient échappé ou n'avaient pas échappé à l'autre. S'il en était autrement , d'où résulterait la différence des expressions ?

Il faudrait proprement lire deux fois tous les ouvrages raisonnés , pour les lire avec fruit , la première , en s'oubliant soi-même et ses idées , afin de se placer dans le point de vue de l'auteur et de le comprendre ; la seconde , en opposant ses propres principes et ses propres idées à celles de l'auteur , afin de le juger. D'abord on ne doit pas avoir d'autre esprit que celui du livre que l'on lit ; on doit même lui en prêter du même genre que le sien, si on le peut ; on doit donner plus de force à ses argumens, chercher des réponses aux objections que ses idées présentent, et défendre sa thèse mieux qu'il ne le fait lui-même; ensuite on redevient soi, et l'on attaque avec sa propre raison, celle de l'auteur.

On se comprend soi-même, et l'on se juge être dans le vrai, parce qu'on attache aux mots des sensations ou des sentimens, ou des représentations déterminées ; mais ces mots ne reproduisent pas précisément de la même manière dans l'ame des autres. Ils vous trouvent incompréhensibles; vous vous comprenez, vous vous trouvez clair, et vous criez à l'injustice, eux ils crient à la prétention, et dans vos plaintes vous avez également tort l'un et l'autre.

Le beau suppose la règle, l'unité, l'accord parfait et les proportions des parties; le sublime naît de l'idée de la force et d'une force indéfinie. Sous ce rapport, la moralité ressemble plus à la beauté, l'héroïsme de la vertu au sublime ; les ames morales seront plus frappées du beau ; les ames fortes et héroïques le seront plus du sublime.

Ce n'est que dans le calme des passions et dans le silence des intérêts que les beaux-arts font sur nous des impressions profondes ; c'est dans le même état de l'ame que le devoir et l'héroïsme parlent à notre cœur. C'est une première raison de l'analogie qui se trouve entre la beauté et la vertu.

Il y a des hommes qui ont le génie de la vertu , comme il y a des écrivains de génie ; ces hommes-là sont ceux qui font des actions généreuses , délicates et héroïques avec facilité et avec enthousiasme , par une espèce d'inspiration soudaine. Ces mêmes hommes pourront tomber dans de grands défauts , et frapperont peut-être par les irrégularités de leur conduite comme les écrivains de génie frappent quelquefois par un défaut de goût. Les honnêtes gens qui n'ont d'autre mérite que l'habitude de suivre la règle , crieront contre eux , comme les écrivains corrects s'élèvent contre les écrivains de génie ; ce sera par la même raison , ce sera faute de les comprendre.

On aurait tort de croire que les arts en développant la sensibilité , servent la cause de la vertu ; car la sensibilité , selon le caractère qu'elle prendra , sera l'ennemie ou l'alliée de la vertu. Donne-t-on de l'énergie à la sensibilité,

en l'ébranlant par des émotions fortes ? cette
énergie deviendra facilement celle des passions , et les principes rencontreront dans
l'ame une terrible résistance. Attendrit-on la
sensibilité par des affections douces et des situations touchantes? cette tendresse dégénérera
facilement en faiblesse; l'ame amollie et effé-
minée ne sera plus capable de s'imposer des
privations , ou de faire des sacrifices.

Il est certain qu'on peut faire sortir un effet
tragique d'une immoralité. Les grands crimes ,
les passions violentes , les vices profonds et vigoureux , sont les ressorts principaux de l'intérêt tragique. La vertu aux prises avec le malheur, ou luttant avec la destinée , et commet-
tant des crimes involontaires, sont des tableaux
que la scène nous présente avec succès; mais
l'ambition effrénée , la jalousie et ses fureurs,
la vengeance et ses atrocités , en un mot le délire des passions, produisent sur nous des impressions plus profondes et plus fortes. Elles
nous donnent une idée confuse de ce qu'il y a
d'infini dans l'homme et dans la nature, et nous
révèlent les secrets de l'un et les mystères de
l'autre. Au fond, nous ne répugnons dans les
ouvrages de l'art et dans les fictions de la poésie,
qu'à la vue de la lâcheté et de la faiblesse, à la

perfidie et à la méchanceté. La force appelle la force, et nous voulons que le jeu rapide, prononcé, violent de la force, agissant sur nous, nous donne la conscience de la nôtre. L'énergie de la vertu nous frappera sans doute plus que l'énergie du crime, mais l'énergie de la vertu suppose l'énergie des passions ; car la force se mesure par la résistance dont elle triomphe. Dans les arts, le besoin d'énergie est le premier de tous.

Les anciens et les modernes ont dit que la poésie dramatique épure les passions. Au premier coup-d'œil cette assertion paraît absurde, car la tragédie excite les passions. Mais ne les épurerait-elle pas en étouffant les passions personnelles, et en nous faisant entièrement oublier notre moi ? La tragédie nous transporte hors de nous-mêmes ; dans les plaisirs qu'elle nous donne, l'imagination et la sympathie agissent seules : la première nous met à la place des autres ; la seconde nous fait partager des sentimens et des affections qui nous sont étrangers. Dès lors, nous ne rapportons plus les passions et leurs objets à notre bonheur ou à notre malheur, mais nous les considérons et nous les éprouvons dans leur pureté, comme le jeu libre de l'imagination et de la sensibilité. N'étant pas personnellement intéressés à ce qui se fait et à ce qui se passe, nous pouvons conserver, au milieu des émotions les plus vives, cette espèce de calme et d'indépendance qui nous permet de juger les ouvrages de l'art.

Pour que le théâtre épure les passions et nous affecte sans nous asservir, qu'il excite notre intérêt, et nous laisse en même temps de la liberté d'esprit, il faut éviter les extrêmes. Si l'on frappait les sens par des objets hideux, l'imagination par des scènes révoltantes, si l'on tirait les sujets de tragédie d'évènemens trop voisins de nous, trop connus, et qui ont un rapport direct avec l'orgueil national, les émotions deviennent trop fortes et nous regarderaient personnellement ; nous perdrions ce repos et cette liberté d'esprit nécessaires à quiconque veut juger les ouvrages de l'art. D'un autre côté, il faut éviter de dessiner des caractères abstraits ou vagues, d'imaginer des situations qui laissent le lecteur ou le spectateur dans un état d'apathie, de mettre dans la bouche de ses personnages des pensées ou des sentimens qui tous se ressemblent, et que d'autres pourraient également énoncer. Dans ce cas, on laisse à coup sûr les lecteurs et les spectateurs dans une grande liberté d'esprit,

mais on ne leur inspire pas le moindre intérêt,
et au lieu de leur faire oublier leur moi, on les
y ramène.

Voulez-vous sentir la différence qu'il y a
entre la vérité historique et la vérité poétique;
comparez l'école flamande et l'école italienne;
en quittant l'une pour l'autre, on quitte le
monde réel pour le monde des idées.

En contemplant les tableaux flamands, on
est content d'eux ou content de soi-même, cette
nature commune se retrouve partout; on est là
comme chez soi. En contemplant les tableaux
italiens, on est toujours mécontent de soi-même
et du monde, tel que nous le voyons; car la
réalité pâlit en présence de l'idéal.

La magie du clair-obscur et du lointain, se
retrouve dans tous les arts, dans la poésie
comme dans la peinture.

Ce clair-obscur du style poétique consiste
dans l'infini de l'expression, qu'il faut bien distinguer de l'infini de l'idéal. On saisit et l'on
produit l'infini de l'idéal, quand, partant de
l'idée la plus générale d'une passion ou d'un sentiment quelconque, on la peint sous des formes
individuelles et déterminées; on atteint à l'infini de l'expression, en choisissant des termes
qui réveillent dans l'ame une foule d'idées ac-

cessoires et qui lui présente un vague dans lequel elle se perd avec délices.

Quand l'expression poétique est précise, sans offrir ce vague délicieux à l'imagination, elle est correcte et juste, mais pauvre ; quand elle offre ce vague et qu'elle manque de précision , elle manque de poésie , car elle ne peint pas l'objet principal.

Ces idées accessoires , que l'expression poétique doit réveiller et présenter dans le lointain, doivent être homogènes ou du moins analogues à l'objet principal; sans cela, il y aurait division , divergence , partage d'intérêt et d'attention , et par conséquent défaut d'attention et d'intérêt.

Il y a des harmonies secrètes et puissantes entre les évènemens , et les circonstances physiques qui les accompagnent quelquefois, entre les actions des hommes et certains accidens de la nature , que l'imagination sensible du génie peut seule saisir et rendre, et qui produisent des impressions profondes sur l'imagination sensible des lecteurs. Quel sublime rapprochement dans Tacite, que cet orage et cette pluie qui tombent par torrens pendant le modeste convoi de Britannicus !

La fable de Prométhée et d'Epiméthée revient à la pensée de Rousseau : il n'y a rien de beau que ce qui n'est pas. On est content de sa création , pendant qu'on l'enfante , et tout au plus dans le moment où on l'a produite ; ensuite on la juge différemment, et l'on se repent de l'avoir mise au jour. Il faut être un dieu ou un homme ordinaire pour faire autrement. Il n'y a que l'intelligence divine qui puisse toujours dire de son propre ouvrage : *Cela est bon.*

Les écrivains originaux sont des sources vives ; les écrivains qui ne sont pas originaux , et qui recueillent ou conservent les pensées des autres , ne sont que ces citernes du désert où l'on recueille précieusement les eaux des pluies.

Le mérite de la concision n'en est un que pour les esprits supérieurs , ou du moins pour les esprits développés ; elle est peut être un défaut quand on parle au peuple qui n'est pas fait pour se nourrir d'essences ni de consommés.

Saisit-on, dans l'immensité des êtres un point de vue unique, une seule pensée à laquelle on ramène tout, ou du moins un petit nombre de principes, dans lesquels vont se réunir et se confondre le nombre infini des faits , on marche dans l'univers comme les dieux d'Homère, qui

faisaient trois pas et qui arrivaient aux bornes
de l'espace. Quand on porte sur un point de
l'univers un œil microscopique , et que doué
de l'esprit de l'observation on le dirige sur les
nuances et les détails , on fait , comme disait
une femme d'esprit , cent mille lieues sur une
feuille de parquet. C'est ainsi que Lyonnet a
écrit l'histoire de la chenille du saule , et Ma-
rivaux celle des passions.

Avec l'esprit d'observation à un très haut degré , l'infini de l'univers en grand peut vous
échapper ; mais avec cet esprit vous aperce-
vrez l'infini , dans une mite , une poussière ,
une goutte d'eau.

On croit communément que les contrastes
dans les arts ne servent qu'à faire ressortir l'i-
dée principale et le sujet qu'on veut mettre en
saillie. On se trompe. Les contrastes sont le
moyen principal dont les arts se servent , pour
donner de la vérité et de l'intérêt au sujet qu'ils
traitent. Tout tient de tout dans la nature , et
tout doit aussi tenir de tout dans les idées que
l'imagination des hommes enfante. Les contrastes modifient une expression par une autre ,
une scène par une autre , un sentiment par un
autre , et leur donnent ainsi une vérité qu'elles
n'auraient pas , si l'une d'elles se présentait iso-

lée et au plus haut degré de force. L'opposition
apparente entre deux sentimens ou deux idées,
qui font contraste ensemble, cache un lien secret et un rapport intime qui les unit ; c'est
une seule idée qui s'ébranche et se divise dans
la thèse et dans l'antithèse ; pour la reproduire
dans son entier, il fallait présenter l'une à côté
de l'autre.

———

Les grands hommes qui ne laissent l'empreinte de leur génie que dans des actions,
méritent l'immortalité ; mais les grands artistes
sont les seuls qui la leur donnent, en se la donnant à eux-mêmes.

———

Goethe est plus grand poète que Schiller,
parce qu'il projette hors de lui un monde que
Schiller ne projette qu'en lui-même. De là
vient que le monde de Goethe a tout l'éclat de
la nature, et que le monde de Schiller a plus
ou moins la couleur rembrunie, sombre et mélancolique de son ame.

Aussi admire-t-on souvent Goethe sans l'aimer, et l'on aime encore Schiller lors même
que quelquefois on ne l'admire pas.

Il y a dans Schiller plus d'éloquence que de

poésie. Les poésies de Schiller paraissent toujours avoir un but différent de celui de ces
poésies mêmes. Cette tendance est très estimable ; mais elle n'est pas éminemment poétique.
Au contraire, dans Goethe, la poésie est toujours ce qu'elle doit être, un jeu simple, franc
et pur de l'imagination et du sentiment.

Otez à Goethe le coloris chrétien, qu'il doit
quelquefois aux sujets qu'il a traités, aux
mœurs qu'il a peintes, aux scènes qu'il repré-
sente, et il n'y aura rien en lui qui annonce ou
trahisse le christianisme. Il est encore païen
dans la manière même dont il traite les sujets
chrétiens. Au contraire Schiller paraît encore
chrétien dans la manière même dont il traite
les sujets païens.

———

Quels que soient les défauts d'un ouvrage,
écrit avec toute la chaleur de l'enthousiasme et
tout l'amour des choses invisibles et saintes, il
faut lui appliquer le mot : Il lui a été beaucoup pardonné ; car il a beaucoup aimé.

———

Les momens où l'enthousiasme inspire et
enfante de grandes actions, n'est pas celui où
l'enthousiasme les chante et les raconte le

mieux. Dans la période où se font les belles choses, on n'a ni le loisir ni la volonté d'en écrire. Alors les actions paralysent les discours et écrasent les paroles. Il faut que les actions soient placées à distance dans le temps et dans l'espace pour que les paroles puissent les atteindre.

On ne chante bien le printemps qu'en hiver, l'amour que dans les momens qui suivent le bonheur, ou bien dans ceux où on l'attend et l'espère. On ne chante les exploits et les victoires que durant la paix.

———

Les idées communes craignent la présence des principes, et le contact de l'idéal, comme une société de gens médiocres, ou ordinaires, est intimidée, dérangée ou troublée, par l'arrivée d'un homme d'esprit.

———

Quand on passe de l'architecture grecque à l'architecture gothique, on croit passer du fini à l'infini.

Le dôme de Cologne est dans son état actuel, un magnifique torse d'architecture.

L'idée de travailler, des siècles, pour une longue suite de siècles, a quelque chose de grand, de désintéressé, qui suffirait seul à l'é-

II. 15

loge du moyen âge. Aujourd'hui les arts ne travaillent que pour les jouissances du moment, et se hâtent d'achever leurs ouvrages. Ceux qui leur font des avances, veulent en recueillir les fruits, et retirer les intérêts de leur capital.

Autrefois les ouvrages survivaient aux artistes, et c'était là le but de leur ambition. Aujourd'hui les artistes survivent fréquemment à leurs ouvrages.

Il y a des ouvrages d'architecture qui expriment le caractère d'une nation, ou qui en portent l'empreinte. Ainsi, dans le dôme de Cologne, on aperçoit une idée directrice, qui a présidé à l'ensemble, comme aux moindres détails, et à laquelle on est toujours resté fidèle.

L'unité de conception, la patience, la persévérance dans l'exécution, sont autant de caractères qu'on y admire, et autant de traits du caractère national.

Il y a beaucoup de choses, surtout en matières de goût, qu'il ne faut prendre qu'à la surface. On risquerait de les manquer ou de les gâter, en les prenant à une grande profondeur.

Chez toutes les nations les grands écrivains, ou les hommes de génie, se ressemblent toujours à eux-mêmes, et ne se ressemblent pas toujours les uns aux autres. L'empreinte individuelle et originale qu'ils reçoivent de leur caractère et de leur génie, est trop forte pour le céder à l'action de leur siècle, ou à celle de l'esprit général de littérature. Il n'y a que les puissances littéraires du second, et du troisième ordre, qui reçoivent leur ton des autres, et chez qui la couleur générale efface la couleur particulière. Les Français ont une littérature plus conventionnelle, et par là même plus uniforme que celle des autres peuples. Cependant il n'y a pas plus de ressemblance entre Corneille, Racine, Molière et La Fontaine, qu'il n'y en a entre Lessing, Schiller et Goethe. Quelle différence entre Pascal, Fénélon, Bossuet, Buffon, Rousseau et Montesquieu !

———

Il y a des rapports entre tous les arts chez les peuples, et les formes qu'ils donnent aux uns, ont toujours plus ou moins d'affinités avec celles qu'ils donnent aux autres. Cette uniformité tient au caractère national d'un peuple. Toutes ces productions en portent toujours plus ou moins l'empreinte. Ainsi on ne peut nier que le style des jardins français, introduit par Le Nôtre, n'ait du rapport avec le style de la poésie dramatique Française, et celui des jardins Anglais, avec celui de Shakespeare et de Milton.

———

On a souvent remarqué que des hommes qui avaient passé leur vie dans les camps, ont chanté les charmes d'une vie paisible, ceux de la campagne, des sentimens tendres et doux. D'autres, au contraire, qui avaient mené une vie tranquille, sédentaire, presque rurale, ont chanté les combats et la gloire. C'est qu'en général il n'y a rien de moins poétique que la réalité dans laquelle on vit. L'habitude y couvre de cendres tous les désirs, et y détruit toutes les illusions; on la connaît trop en détail, pour que l'imagination puisse encore y avoir prise. Cette faculté qui seule féconde les arts, et surtout la poésie, n'est mise en mouvement que par la nouveauté et les contrastes. Il faut donc pour lui donner de l'activité la transporter dans le monde opposé à celui où l'on vit, et qui devient pour elle le monde idéal.

———

On ne sait si c'est le mouvement léger de la langue Française qui a imprimé ce mouvement

léger à la conversation , ou si c'est le mouvement léger des esprits qui a donné ce caractère
à la langue. Ce qu'il y a de sûr, c'est que dans
les langues du Nord, quand on veut y être léger , on paraît danser avec des sabots de plomb.

———

On trouve déja dans les premiers trouba-
dours le caractère de l'amour Français, et de
la poésie Française. Il y a de la grace , de l'esprit , une douce malice , rarement de la passion, du moins de cette passion qui entraîne
tout dans son tourbillon , et qui absorbe l'être
tout entier.

———

On veut être content de soi en lisant un ouvrage quelconque, beaucoup plus que du livre
même. De là vient que les lecteurs les plus ordinaires n'aiment que les livres où ils retrou-
vent leurs idées. Les lecteurs qui valent un peu
mieux, aiment les livres auxquels ils sont supérieurs, et qu'ils peuvent réfuter en les lisant.
Les lecteurs d'élite aiment les livres qui leur
sont supérieurs, et qui leur laissent le mérite
de la difficulté vaincue.

———

Être toujours en état d'épigramme , c'est se

condamner à être froid, insensible, petit, et
vaniteux. Quiconque s'occupe des choses plus
que des personnes, quiconque voit les choses
en grand, quiconque connaît les passions vives, les sentimens profonds, les grands intérêts
de l'humanité, connaîtra peu ou point l'épigramme.

On ne fait des épigrammes contre les hommes, que pour plaire aux hommes, ou pour
faire effet sur eux; et l'on a tort de se moquer
des hommes, ou l'on a tort de briguer leurs suffrages.

QUELQUES RÉSULTATS DE L'HISTOIRE.

Les Etats sont des corps organisés artificiels, et doivent, comme les corps organisés naturels, être composés de deux genres d'élémens : d'élémens permanens, et d'élémens variables ; de fixité, et de mouvement.

Sans fixité, un Etat ne tiendrait pas au passé ; il ne serait plus la même personne morale, il n'aurait point de personnalité. Dépourvu de mouvement, il ne préparerait et n'amènerait pas l'avenir ; bien moins encore perfectionnerait-il quoi que ce soit. Sans fixité quelconque, il se détruirait par sa mobilité même ; sans mouvement, il pourrirait.

Quelques simples que paraissent ces principes, qu'on prenne l'histoire de tous les temps, et l'on verra qu'il y a bien peu d'Etats qui aient su combiner ces deux principes avec sagesse et avec succès. La plupart ont péri faute de fixité, ou faute de mouvement. Les uns ont voulu persévérer dans un repos parfait, lorsque tout tournait autour d'eux, et que tout changeait avec une prodigieuse rapidité ; ils ont été brisés. Les autres se sont laissés aller au torrent des innovations , et ils ont été entraînés beaucoup plus loin qu'ils ne pensaient, qu'ils ne voulaient et ne devaient aller.

On a dit que le principe de la vie organique était ce principe inconnu qui fait que les élémens des corps sont soumis à une autre loi qu'à celle de leurs affinités chimiques et naturelles. De même, la vie organique des Etats est un principe qui empêche les individus humains de suivre leurs affinités naturelles. Ces affinités naturelles sont toutes les différentes formes de l'égoïsme. Du moment où le principe de la vie organique , qui est l'esprit public , cesse d'agir ou d'exister , l'égoïsme se montre dans toute sa hideuse force , et l'Etat est dissous.

Un peuple ne mérite le nom de *Nation* que lorsqu'il a des lois fixes , un caractère , un esprit public , qui le distinguent de tous les autres peuples. Alors il peut se passer d'un grand homme. L'impulsion, l'activité, la direction des forces sont données , et elles forment une masse toujours supérieure à la force d'un individu , quelque extraordinaire qu'il soit. D'ailleurs un peuple pareil produit une foule d'hommes distingués, et l'on peut dire d'eux comme du *rameau d'or* : *Uno avulso, non deficit alter.* Mais quand rien de tout cela n'existe encore chez un peuple, il faut un grand homme pour lui imprimer le premier mouvement. La nationalité remplace les grands hommes, et fait mieux qu'eux ; mais il faut les grands hommes, ou des circonstances plus rares encore que ces hommes, pour enfanter la nationalité.

Avant eux et sans eux les forces isolées existent ; mais des forces isolées ne sont pas une nation, et il faut un grand homme pour les réunir en un faisceau.

———

Une constitution telle que la constitution anglaise, rend les talens plus nécessaires, et les multiplie en même temps. Il est difficile qu'un sot, ou un ignorant, soit ministre en Angleterre ; et il est impossible qu'il ne se forme et ne se développe en Angleterre, des hommes supérieurs.

———

Dans le siècle où nous sommes, on ne perfectionne presque plus rien par un travail lent,

gradué, continuel ; on croit ne pouvoir amé-
liorer l'état des choses que par des moyens
brusques , rapides et violens. On dirait qu'il
n'y a que les volcans qui puissent féconder le
sol, et qu'il n'y a pas d'autre engrais que la lave.

———

Il y a deux manières de révolutionner un
pays. La première consiste à déplacer la souveraineté ; la seconde, à déplacer les propriétés
d'après des principes généraux tels quels ; et à
ne pas regarder le droit positif comme le seul
titre de possession.

Admet-on qu'il y ait des principes ou des
règles de droit, antérieures au droit positif,
qui puissent le modifier à volonté , tout devient
incertain, mobile et précaire. Admet-on que le
droit positif est la source et la règle de tout
droit , et qu'il n'y a point de principes au-
dessus de lui, qui servent à l'apprécier et à le
juger, tout devient immobile et même immuable.

———

Les peuples, leurs opinions , leurs desirs , ce
qu'ils sont, ce qu'ils veulent être, tout cela est
plus ou moins l'effet du temps ; car tout cela
est l'effet de causes générales qui agissent avec
une sorte de nécessité , comme les lois de la Na-

ture. Il n'y a que la liberté du génie qui puisse rompre cette espèce de nécessité, faire, d'effets involontaires, des causes actives et des moyens de choix, et diriger la réalité vers l'idéal.

Les grands hommes d'Etat, s'ils veulent mériter ce titre, ne doivent donc jamais être le produit du temps. Ils doivent comme Janus regarder le passé et l'avenir, les vrais besoins du temps qui court, sans adopter toutes ses idées.

———

La tendance secrète d'un peuple est une espèce de percepturition ou de pressentiment de l'avenir. Il faut la connaître pour la diriger ; car les peuples, composés d'individus libres et moraux, ne doivent pas être jugés comme les êtres de la Nature, qui sont toujours bien, parce qu'ils sont toujours tout ce qu'ils peuvent être.

———

Un grand homme d'Etat, dans une République, porte toujours plus ou moins la couleur nationale, car il sort du sein de sa nation, et n'est autre chose que le génie et le caractère national idéalisés. S'il n'avait pas cette empreinte au plus haut degré, il ne pourrait pas agir avec succès sur sa nation, car s'il était trop différent

d'elle , elle se refuserait à son influence et re-
pousserait son action.

Dans une Monarchie , il en est autrement.
Un grand Roi peut avoir été formé par les circonstances , et n'avoir pas reçu une éducation
nationale. C'était le cas de Philippe. Elevé dans
la maison d'Epaminondas , il n'appartenait pas
à sa nation et ne lui ressemblait pas. Un Roi absolu peut quelquefois agir avec d'autant plus de
succès sur sa nation , qu'il lui est supérieur et
tout-à-fait différent d'elle. Ce fut le cas de
Pierre-le-Grand , et même de Frédéric.

———

Un habile musicien touche avec un art admirable un instrument , qui sous sa main paraît
docile et parfait. Un autre dirige un orchestre
qu'il a formé lui-même , et où , avec plus ou
moins de talent , chacun concourt au jeu et à
l'effet de l'ensemble , qui est admirable.

Le premier meurt , et son instrument reste
muet , ou ne rend , sous une main ignorante ,
que des tons discordans. Le second meurt , et
l'orchestre lui survit ; graces aux talens qu'il a
développés, l'orchestre continue à exécuter des
musiques savantes , sans avoir besoin d'un directeur , ou avec le secours d'un directeur qui
se trouve comme de lui-même.

Au premier musicien ressemble un Roi de génie, qui ne doit rien à son peuple, et qui ne l'élève pas à sa hauteur ; en travaillant à faire de lui une nation, il ne s'en sert que comme d'un instrument, il meurt et il ne laisse après lui qu'un vide immense et un silence profond. Au second musicien ressemble un Roi qui ne produit de grands effets que par un grand concours national, et par de sages institutions. Ce concours lui survit ; ces institutions subsistent, et on le regrette sans être embarrassé de le remplacer ; on s'aperçoit moins de son absence, il a mis la nation en état de se passer de lui.

———

On a pris, dans le monde politique, tantôt des principes pour des maximes, tantôt des maximes pour des principes ; ce qui est nécessaire et universel, pour des choses purement temporaires et locales ; et ce qui n'était que temporaire et local, pour les conditions nécessaires et universelles de l'existence et du développement de l'espèce humaine.

———

Un accident imprévu, tel qu'un violent saisissement, donne à une personne une maladie mortelle. On fait après sa mort l'obduction de son cadavre, et l'on trouve des vices d'organisation qui font croire et dire qu'il était impossible qu'elle vécût. Cependant le fait est que ces prétendus vices d'organisation étaient très compatibles avec la durée, la vie, ou qu'ils n'ont pas été la cause , mais l'effet de la mort.

Il en est quelquefois de même des Etats ou des corps politiques. Ils ont reçu dans leur force et leur vigueur une blessure qui est devenue mortelle ; aussitôt des anatomistes politiques tombent sur eux et les dissèquent ; ils prouvent, obduction faite, qu'il n'est pas étonnant qu'ils soient morts, mais qu'il est étonnant qu'ils aient pu vivre avec des organes aussi viciés. Cependant la machine du gouvernement eût encore marché long-temps sans la secousse qui l'a renversée.

Il y a des peuplades barbares qui, répandues le long des côtes de la mer , tombent sur les naufragés, afin de s'approprier leurs dépouilles ; elles vivent de calamités et exploitent le malheur. Il y a , dans tous les Etats, des écrivains faméliques qui font la même chose, lorsque la société fait naufrage , ou qu'elle éprouve de grands revers.

La liberté, comme la religion, est si grande
et si belle que tous les crimes qu'on a commis
en son nom, ne peuvent en affaiblir le désir et
l'amour au fond de nos ames. C'est que l'une et
l'autre ont leur racine dans des idées pures et
éternelles qu'aucun être, aucune action, aucun
évènement ne retracent dans leur intégrité, et
que rien de ce qui leur arrive, ne peut ni réaliser entièrement, ni décréditer tout-à-fait.

Les Romains n'avaient que des vertus publiques, et ces vertus tenaient à leur constitution
et à leurs lois. De là vient que, du moment où
la dégénération progressive de la constitution
et des lois eurent fait évanouir les vertus publiques, les Romains furent des monstres de
corruption.

Chez les Grecs, le génie domine le caractère;
et ils ont beaucoup plus de vertus qui naissent
de l'un, que de qualités qui tiennent de l'autre.
Chez les Romains, le caractère domine le génie; et chez eux, tout est plutôt sublime que
beau, il y a plus de force et moins d'harmonie.
Cependant César a réuni au plus haut degré

toutes les puissances du génie à toutes les puissances du caractère.

———

La tyrannie est de tous les temps comme la servitude ; mais ce qui n'est pas de tous les temps , c'est que la tyrannie , non par un reste de pudeur , mais par un raffinement d'impudence , profane tous les termes de la langue pour énoncer ses projets ou ses attentats, et que la servitude , non par un reste de noblesse , mais par un raffinement de flatterie , prenne le ton et le langage d'une soumission volontaire.

———

Quand on est témoin de crimes de lèse-humanité , et qu'on les voit dans l'ame de ceux qui les commettent , on a besoin de se livrer sans réserve au sentiment du mépris et de la haine , et on se désespère des consolations que vous adressent ceux qui en appellent aux résultats éloignés et possibles de ces attentats que les coupables n'ont pu ni prévoir ou vouloir , et qui, eussent-ils fait l'un et l'autre, ne pourraient pas les absoudre , car quand le devoir est clair et certain , il ne finit pas.

———

Les tyrans font les esclaves ; mais avant cela les esclaves font les tyrans.

———

La liberté morale suppose l'antagonisme des idées nécessaires et éternelles qui doivent servir de règle , et des intérêts variables et passagers qui servent de matière aux sacrifices que la règle exige. L'existence de la loi , et le joug volontaire qu'elle nous impose , font sentir la liberté dans toute son étendue. Sans la règle, la liberté ne serait qu'une indépendance farouche. La liberté civile et politique suppose de même l'existence des lois fortes et sévères , qui se font sentir , et dans ce qu'elles défendent et dans ce qu'elles permettent, dans les rapports qu'elles seules déterminent et dans ceux qu'elles nous abandonnent.

Sans cette puissante autorité , la liberté n'est pas possible , ou elle est toujours précaire et imparfaite ; sans l'existence d'un gouvernement ferme et actif , qui fait plier la tête sous le joug des lois , la liberté ne serait qu'une vie d'indolence ou de licence, d'égoïsme et de plaisir , dépourvue de toute espèce de sentiment. De là vient qu'il n'y a de véritable liberté que sous les gouvernemens énergiques. Sous les gouver-

II. 16

nemens faibles, qui ne savent ni commander ni
défendre , ni punir ni récompenser , rien n'annonce l'antithèse de la loi et de la liberté , et
par-là même on ne sent pas la dernière.

———

Comparez l'empire grec avec les Etats du
moyen âge , fondés ordinairement par des peuples germaniques , et vous verrez , d'un côté,
des formes politiques et l'absence des forces qui
décident de la vie intérieure des Etats , et de
l'autre , des forces qui se débattent encore pour
trouver des formes qui leur soient assorties.

L'un ressemble à un vieux courtisan , décoré
des livrées du luxe, dont le cœur pourri est
couvert d'un vernis séduisant , qui n'a plus de
la civilisation que ses hochets , se traîne entre
les barrières et les formes de l'étiquette , et se
vante de son respect pour elles , tandis que ce
prétendu respect n'est que l'impuissance de les
franchir.

Les autres ressemblent à un jeune homme
plein de sève et de vie , sorti nouvellement des
bras de la nature, étranger à la civilisation,
impatient du frein, mais sensible à l'ordre , et
qui , à force d'écarts, reconnaîtra la nécessité
de la règle, et saura s'y soumettre.

———

Un usurpateur est nécessairement un tyran féroce, ou un conquérant insatiable, et quelquefois l'un et l'autre. A-t-il usurpé le trône sur son légitime prince, il craindra les conspirations, et le sang du peuple coulera sur les échafauds. A-t-il usurpé le trône sur un peuple qui était libre, ou qui croyait l'être, il craindra les révolutions, et occupera ce peuple dans des guerres sanglantes, lointaines, gratuites, continuelles. Afin de distraire sa nation de l'intérieur, et pour affermir son trône, il ébranlera le monde.

———

La dégénération du caractère national d'un peuple fait naître le despotisme, et le despotisme avilit tellement un peuple qu'il semble justifier le despotisme.

———

On ne saurait trop étudier l'histoire de l'empire grec, quand on veut saisir, dans toute leur variété, les maladies des corps politiques, et la différence qu'il y a entre la vie et l'absence de la mort.

De la religion sans piété, des lois sans respect pour les lois, de l'industrie et des arts sans perfectionnement, voilà ce que présentait l'em-

pire grec. Il prouve ce que devient un Etat qui
ne marche pas, et qui ne doit la conservation
de son existence apparente qu'à l'absence de
toute espèce de choc.

La pauvreté intellectuelle et morale la plus
complète régnait déja dans l'empire grec, et
l'on y voyait encore une grande richesse physique. Le principe vital avait disparu dans l'É-
tat, car il n'y avait plus ni honneur, ni patriotisme, ni amour de la perfection ; mais la machine était encore montée, et exécutait ses
mouvemens selon les anciennes règles.

L'empire grec était encore riche, mais il y
avait la même différence, entre la richesse de
l'empire grec et celle des républiques de l'I-
talie dans le moyen âge, qu'entre un homme
qui a fait un héritage considérable, qu'il dé-
pense sans l'augmenter, et un homme qui fait
sa fortune lentement et par l'activité de son
génie.

Le pouvoir des eunuques, dans l'empire
grec, était seul déja un effrayant symptôme
de décadence. Ces êtres équivoques, également étrangers aux qualités des deux sexes,
participent des vices de l'un et de l'autre. Ils
n'ont pas l'ame, la sensibilité, les graces des
femmes ; et ils n'ont pas non plus l'intelligence,

le caractère, l'énergie des hommes. Dans un empire où ils sont les maîtres, on n'aperçoit plus ni beauté ni force.

A comparer l'état des provinces de l'empire grec avec celui des mêmes pays sous le sceptre des Turcs, on doit en conclure que le despotisme des empereurs grecs était plus éclairé et moins terrible que celui des Turcs. Des provinces aujourd'hui dépeuplées et stériles, étaient alors prodigieusement cultivées et peuplées. Peut-être cette différence tient-elle uniquement à ce que le despotisme des empereurs grecs n'était pas celui de l'orgueil et de la force militaire, et qu'au mépris des vainqueurs pour les vaincus ne se joignait pas le mépris d'une religion pour une autre.

S'il s'agissait de comparer l'empire grec avec l'empire turc, on verrait, dans l'un, des lumières sans principes, de l'esprit sans ame, des connaissances sans caractère ; dans l'autre, surtout avant sa dégénération, des principes religieux sans lumières, l'élan de l'ame sans idées, du caractère avec une profonde ignorance.

Cependant l'empire grec a existé encore long-temps dans cet état de putréfaction lente et insensible. Ce phénomène est singulier, mais non pas inexplicable.

Un empire qui a des bases étendues et larges, et qui porte un nom long-temps illustre et redouté, peut quelquefois se soutenir malgré sa faiblesse et sa dégénération. La grandeur de ses dimensions en impose; l'ancienne gloire inspire du respect ou de la crainte; les maladies internes restent long-temps un secret.

Elles pouvaient surtout en rester un dans le moyen âge. Faute de communications, de voyages, de livres, de relations diplomatiques, les peuples ne se connaissaient pas, et ignoraient leur faiblesse ou leur force. L'empire grec dut en partie sa longue existence à l'ignorance où l'on était de son véritable état.

Les Etats de l'Europe, fondés par les Barbares, furent pendant long-temps hors d'état, par les vices mêmes de leur constitution, de former des entreprises éloignées. Les rois étaient sans pouvoir, les armées n'étaient ni permanentes ni soldées, les Etats manquaient de points de contact et d'union. Aucun gouvernement ne pouvait former de vastes projets, ni nourrir de longues pensées. Ce fut peut-être à cette cause plus qu'à tout le reste, que l'empire grec dut la prolongation de son existence.

———

La réaction est toujours égale à l'action. Cette
loi est la loi du monde des esprits, comme celle
du monde des corps. Mais, dans le monde des
esprits, la loi ne trouve pas son application
dans un espace circonscrit. Il faut la projeter
sur une longue suite de siècles. Car quand
l'action est longue et soutenue, la réaction ne
peut produire son effet que plus tard et plus
lentement.

————

La vertu pure, sans aucun mélange de passions, ne réussit pas à combattre et à vaincre
les passions sur le grand théâtre des évènemens, car elle est plutôt une force d'arrêt
qu'une force d'élan. Elle est par sa nature,
calme et réfléchie, aussi délicate dans le choix
de ses moyens que pure dans ses motifs, tenant plus à l'éternité qu'au temps, aux choses
invisibles qu'aux choses sensibles et palpables.
Elle est plutôt un principe de lumière que de
chaleur ; parce qu'elle repose sur des idées distinctes, et non sur des représentations confuses.

Heureusement que la vertu a des affinités
secrètes et puissantes avec l'amour de la gloire,
de la liberté, de la religion. Alors seulement
elle prend les traits de la passion, elle en ac-

quiert l'énergie , et peut se mesurer avec l'ambition.

———

L'histoire du monde n'est que l'histoire de
l'antagonisme des passions, et la lutte des idées
extrêmes. C'est une grande erreur que de croire
qu'il arrivera une époque où ce combat ces-
sera. Ce serait une plus grande erreur de croire
que cet état de choses conviendrait mieux à
l'espèce humaine que l'état actuel. L'opposition
est le principe de la vie morale ; sans elle tout
végéterait, ou plutôt tout finirait. Ce que nous
avons de raison, de lumières et de vertu, tient
de la nature du feu, qui ne s'obtient que par le
frottement, ou par le choc de matières hétérogènes.

———

Les rois et leurs flatteurs ont calomnié les
papes. Sans doute les papes avaient quelquefois
abusé de leur pouvoir pour opprimer les rois ;
les prétendus philosophes ont paru défendre
les rois en attaquant les papes et ne les ont at-
taqués que pour avoir meilleur marché des
souverains. Dans l'ordre des idées qui peuvent
être réalisées sous des signes visibles, je n'en
connais pas de plus grande que celle d'établir ,
au-dessus des peuples et des rois, un repré-

sentant des principes éternels de la morale et de la religion, et d'en appeler sans cesse de la puissance physique à la puissance spirituelle. Mais cette puissance spirituelle placée dans la main des hommes a dû se ressentir de la faiblesse humaine, et l'on en a abusé comme on abuse de tout.

———

Il n'y a point d'hommes plus redoutables que ceux qui, au sein d'une éducation mâle et austère, ont appris à se vaincre eux-mêmes, et à renoncer à tout ce qui fait la douceur et le charme de la vie. Lorsque ces habitudes sont une fois formées, et qu'une passion dominante, comme l'ambition, s'annonce et se développe en eux, cette passion est alors forte de l'absence des autres, et de la force des habitudes. Elle acquiert un caractère énergique ; et de tels hommes sont à peu près invincibles. Tel était Grégoire VII.

———

Dans toutes les choses humaines, et principalement dans les grandes combinaisons de la politique, l'essentiel est l'à propos. Toutes les entreprises qui ont mal réussi, ont manqué le véritable moment où elles auraient dû se faire. Elles se sont faites ou trop tôt ou trop tard.

———

A la guerre, il y a de sublimes imprudences. Quelquefois l'audace doit entrer dans les calculs, et la témérité elle-même ressemble presque à la prudence. Mais cette manière large de traiter les évènemens ne convient pas, et ne réussirait pas à tout le monde. Il faut avoir, pour se permettre de l'adopter, une grande et légitime réputation. Alors l'audace étonne vos ennemis, fait illusion sur la sagesse de vos plans, et la force de vos moyens. L'imagination de vos adversaires leur montre des ruses profondes, là où il n'y a que des entreprises hasardées.

———

La tyrannie d'un homme de tête, qui met de la suite, de la conséquence, de l'habileté dans toutes les mesures qu'il prend, et qui tendent à river les fers d'un peuple, est bien plus terrible que la tyrannie d'un homme médiocre, qui n'a de remarquable et d'extraordinaire que l'excès de ses passions et de son impuissance. Cependant on supporte plus patiemment la première que la seconde. Le génie, dans un tyran, impose ; le génie console de la servitude l'amour-propre et la faiblesse. Un tyran de génie fait quelquefois du bien, et ne fait jamais du mal sans but et sans raison. La tyrannie sans génie inspire le mépris en même temps que la haine, irrite l'orgueil, encourage la faiblesse, et a l'air de faire du mal pour le plaisir d'en faire.

———

Quiconque est une fois parvenu à mépriser l'espèce humaine, est capable de tout. N'attendez de lui ni pitié, ni intérêt, ni regrets, ni remords.

———

Les individus de l'espèce humaine échappent quelquefois aux suites de leurs actions, qui dans la règle doivent être regardées comme les justes châtimens des infractions faites à la loi de Dieu. Les nations ne sauraient s'y soustraire; car leur existence se prolonge et se projette dans un espace immense, où les lois éternelles trouvent leur sanction et leur entier accomplissement. C'est là que la terrible Némésis se déploie tout entière, et exerce sur le crime, sa bienfaisante réaction; c'est sur la longue route que décrivent les nations que, dans sa marche lente, silencieuse, mais sûre, elle punit la licence par le despotisme, et le despo-

tisme par l'insurrection, ou par la dégénération des peuples; c'est là que l'égoïsme et l'immoralité des peuples, la lâcheté et la faiblesse
des souverains, la tyrannie et la servilité amènent des résultats aussi terribles qu'inévitables.
On peut dire d'eux : *Habuerunt vitia spatium
exemplorum.*

Les révolutions qu'une période éprouve,
peuvent quelquefois être directement contraires aux principes, aux idées, même aux affections dominantes, et cependant s'opérer; parce
que le caractère, ou plutôt l'absence de caractère d'un peuple, les favorise.

Alors le siècle ne les appelle et ne les produit pas ; il les repousse et les réprouve même
dans le secret de ses jugemens et de ses affections. Mais il les tolère, il les supporte, il ne
leur oppose pas la moindre résistance, ou du
moins une résistance efficace.

Voilà ce qui seul explique les révolutions de
ce genre. Et on n'en rend pas raison en les at-
tribuant uniquement à la force physique d'une
nation dirigée par un génie militaire. Car la

force même que cet homme de génie emploie, ne se prêterait pas à établir un ordre de choses et de principes contraire à l'esprit général du siècle, dont elle aussi porterait l'empreinte et la couleur; ou cette force rencontrerait dans les forces de toutes les autres nations une résistance dont elle ne triompherait pas.

Le mot de l'énigme, c'est que les idées et les lumières du siècle condamnent ce que le caractère du siècle favorise, et le caractère l'emporte. Quand l'égoïsme le plus matériel, le plus profond, le plus réfléchi, fait le fond du caractère d'un peuple quelconque, l'égoïsme fait agir les instrumens de la tyrannie, l'égoïsme paralyse les victimes et les objets de la tyrannie. Tant que la tyrannie ne frappe que la chose publique, et ménage l'intérêt particulier, elle subsiste. Mais il vient un moment où elle soulève l'égoïsme par des ordres ou des prohibitions qui frappent les fortunes privées, et qui font tarir les sources de la richesse individuelle; alors son heure a sonné, et elle est perdue.

————

Ce n'est pas d'après quelques individus d'élite, qui sont des chefs-d'œuvre de la nature, et qui n'appartiennent à aucune nation, parce

qu'ils réunissent en eux les qualités et les per-
fections de plusieurs peuples, qu'il faut juger le
caractère d'une nation quelconque.

———

Une nation n'a un caractère national qu'autant qu'elle présente, en relief et en saillie, avec
le plus haut degré de force et de vivacité possible, une des faces de la nature humaine.
Comme ces différentes faces ne se réunissent
que dans l'idéal, et qu'elles sont à peu près incompatibles dans la réalité, il ne faut demander d'une nation que les qualités qui sont analogues ou homogènes à son caractère.

———

On peut comparer le caractère national des
différens peuples ; mais il ne faut pas vouloir
que l'un ait le caractère de l'autre. Il ne faut
pas même donner à l'un de ces caractères une
préférence ou une supériorité décidée sur les
autres.

———

Le sérieux du caractère, la gravité de l'esprit, la sainteté de l'imagination, la pureté du
sentiment, la profondeur des affections, l'élévation des idées, une sorte de réserve noble
et fière, la bonne foi dans les engagemens, la

franchise dans les manières, le courage de la patience, et une sorte de calme majestueux, caractérisent les peuples du Nord, ou forment du moins l'idéal du caractère de ces peuples.

La vivacité de l'imagination, la chaleur du sentiment, le feu de l'enthousiasme, la rêverie contemplative, une sorte d'exagération dans les actions et dans le langage, une valeur brillante et opiniâtre, une ame tendre et ardente, forment le caractère des peuples du Midi, ou du moins l'idéal de ce caractère.

Je ne connais pas de nation dans laquelle ces deux caractères soient mieux amalgamés, et confondus d'une manière plus admirable, que dans la nation espagnole. La physionomie morale des Goths, peuple germanique, a pris sous le ciel de l'Espagne, en se mêlant avec les anciens habitans du pays, des formes et une couleur tout-à-fait particulière ; le caractère du Nord et celui du Midi s'y tempèrent et s'y corrigent réciproquement.

Cependant, pour se faire une idée complète du caractère Espagnol, il faut joindre aux traits précédens l'habitude du silence et de la sobriété, l'ardeur concentrée des passions, l'amour brûlant, et la haine vindicative et persévérante qui caractérisent les Arabes et les Mau-

res. Le sang africain circule encore dans les
veines des Espagnols, et s'annonce et se trahit
de mille manières.

———

Les progrès de la richesse nationale, accé-
lérés et dirigés par les Gouvernemens, ont fait
à l'Europe le grand mal d'attirer trop l'attention
des princes et des peuples sur le travail des
arts. De ce moment, la vie des sens l'a emporté sur la vie intellectuelle, morale et religieuse. Toutes les facultés de l'homme n'ont
plus été que des leviers pour faire aller le mécanisme du travail, et le mouvement de l'ordre
social.

La révolution française a rapetissé les ames
à certains égards en les concentrant dans les
formes sociales et politiques, et en leur faisant
rêver la perfection dans le perfectionnement de
ces formes. Ce point de vue, aussi étroit que
faux, a fait disparaître de la sphère humaine
la pensée de l'infini et l'amour du monde invisible.

Le mal sera corrigé par l'excès du mal ; et
l'on verra bientôt que toute la grandeur, la dignité, la force de l'homme, ont leur principe,
comme leur règle, dans ce qui échappe aux

sens et au calcul, et que le monde visible lui-même perd son éclat et sa beauté, du moment où l'on coupe ses communications avec le monde invisible.

———

Les grandes calamités politiques dégradent la masse de l'espèce humaine ; mais peut-être développent-elles avec succès quelques individus d'élite, qui vont plus haut et plus loin qu'ils ne seraient allés sans elles. Quand la nature extérieure se refuse à un homme digne de ce nom, il rentre en lui-même et fouille dans son propre sein.

———

Comme un vieillard qui, dans la force de l'âge, a joué un grand rôle, placé au milieu d'une génération nouvelle, conserve ses prétentions, ses habitudes, ses préjugés, et emprunte toutefois de ceux qui l'environnent, les élémens d'une culture qui lui est étrangère, ainsi paraissait l'empire Grec au milieu de tous les Etats nouveaux, d'origine Germanique, qui s'étaient formés autour de lui.

———

La jeunesse est le moyen âge entre l'enfance et l'âge mûr. En se représentant les peuples

II.

17

comme autant d'individus, ou l'espèce humaine tout entière comme un seul homme, le moyen âge sera pour lui l'âge également éloigné de l'état sauvage, qui est son enfance, et de l'état de culture, qui est son âge mûr. On a donc eu raison de placer le moyen âge, pour les peuples modernes, dans la période qui s'est écoulée depuis Charlemagne jusqu'au quinzième siècle. C'était, pour eux, ce qu'est le temps de la floraison pour les arbres, et pour les moissons celui où le blé est en herbe.

———

Des crimes sans énergie, des conspirations sans haine, des conspirateurs sans plan, voilà ce que présente l'histoire Byzantine. On ne sait presque jamais ce qui mérite le plus de mépris par sa lâcheté ; le tyran qui perd le trône, ou les rebelles qui le lui font perdre.

———

Sous les empereurs Romains, les Césars furent extrêmes dans leur tyrannie et dans leurs vices, les Romains extrêmes dans leur servitude et leurs flatteries. Il y avait un défaut de mesure dans le caractère national, parce qu'il n'y avait pas eu de mesure dans les conquêtes

et les triomphes. Le despotisme s'était établi
sans gradation ; l'autorité absolue existait sans
aucune espèce d'intermédiaire. Et puis la grandeur de l'empire jointe à sa richesse , donnait ,
par ses dimensions gigantesques, quelque chose
de gigantesque aux profusions , aux fêtes , aux
excès de tout genre.

———

Sans noblesse qui servît de barrière au trône
et de frein au prince , sans une loi de succession
qui ôtât toute espérance aux ambitions particulières et permît d'élever le prince pour le
trône , sans cette force réprimante que donne à
l'opinion l'imprimerie , ou à son défaut les
formes de la société , sans une religion qui
inspirât l'amour du bien ou la crainte du mal ,
et plaçât au-dessus de la vie une loi , un juge,
des récompenses et des peines , les Césars devaient être des monstres. Il ne faut pas s'étonner qu'ils l'aient été ; mais on doit s'étonner de
trouver sur ce trône , dévoué au crime et au
vice , un Trajan et un Marc-Aurèle.

———

A Rome , les citoyens les plus purs , les plus
belles ames, ne rougissaient pas du despotisme

qu'ils déployaient dans les pays conquis. C'était une maxime si ancienne de la république, que Rome devait être la maîtresse du monde, que cette maxime avait pris en quelque sorte aux yeux des Romains les caractères d'une loi de la nature : la nécessité et la sainteté.

Depuis les guerres Puniques, il n'y avait à Rome que deux classes de citoyens : ceux qui ne pouvaient pas supporter la tyrannie chez eux, et l'appesantissaient sur les autres peuples avec tout l'orgueil d'un homme libre ; et ceux qui, incapables de supporter et d'aimer la liberté chez eux, se plaisaient à l'enlever aux autres, avec toute la vileté d'un esclave.

Caton avait les préjugés de la vertu, César le génie du vice. L'un voyait la Règle, sans juger les hommes auxquels il l'appliquait ; l'autre voyait le Siècle et les hommes auxquels il avait à faire, sans se soucier de la Règle. Le premier vivait dans le passé, ignorait le présent, et devait manquer l'avenir. Le second expliquait et jugeait le présent ; voyant qu'il ne pouvait pas reproduire le passé, qui d'ailleurs ne lui convenait pas, il créait un avenir tel

qu'il le lui fallait, et ne vivait que pour cette
création.

———

C'est une belle application de la science du
calcul que les sociétés d'assurance ; mais il est
douteux que ce soit un bienfait pour la société
que l'application des primes d'assurance aux
moyens d'assurer une existence aux veuves,
etc., etc. Le goût du plaisir et du luxe étant les
principes dominans du jour, l'institution de
caisses pareilles doit rendre l'économie et la pensée de l'avenir toujours plus rares. Or c'est à l'é-
conomie que tiennent, en grande partie, toutes
les vertus domestiques. C'est encore à elle que
tient l'augmentation du capital d'une nation ; et
c'est dans l'augmentation de ce capital que consiste la richesse nationale.

———

Il y a long-temps que le monde aurait fini,
si un homme ne se reproduisait qu'à la suite de
réflexions profondes sur l'avenir qui lui est ré-
servé, et qu'il prépare à ses enfans, ou bien de
savans calculs sur les moyens de les élever. La
Nature s'est défiée de l'esprit et du cœur de
l'homme à cet égard, et de là vient qu'elle a
donné tant de force à un instinct aveugle.

C'est à cet instinct, qui fait taire tout le reste quand il parle, que tient la durée du monde.

———

La grande loi de la Nature est, sans contredit, que le nombre des êtres vivans de chaque espèce soit proportionné à la quantité d'alimens que la terre produit pour les nourrir. Mais pour que cette somme d'êtres existe et subsiste, il faut qu'il en naisse beaucoup plus qu'il ne peut en exister et en subsister. Le superflu est ici une chose très nécessaire. La magnificence de la Nature, qui prodigue les existences pour les détruire, est sans doute une magnificence bien cruelle ; mais la puérile prétention de l'homme, de vouloir soumettre à sa misérable équerre cette prodigieuse fécondité, amènerait une parcimonie plus cruelle encore.

———

Le maximum de la production des alimens, qui amènerait le maximum de la population, n'existe pas, et n'existera jamais. Sans doute la population dépasserait bientôt ce niveau, jusqu'à ce qu'elle y fût ramenée par la force des choses. Tant que ce maximum n'existe pas, il est aussi difficile qu'indifférent, de savoir s'il

faut encourager la production pour que la population augmente, ou s'il faut encourager la
population pour que la production augmente.
Ces deux genres de production exercent dans
les nations et les individus, une action et une
réaction continuelles l'une sur l'autre.

———

Il me semble qu'on a toujours mauvaise
grace, quand on reproche aux passions d'avoir
détruit certaines institutions sociales qui étaient
faites, dit-on, pour les contenir et les réprimer.
Si ces institutions avaient été propres à produire
cet effet, les passions ne les auraient pas ren-
versées. Leur sort les accuse, et jusqu'à un certain point, on peut dire qu'elles l'ont mérité,
parce qu'elles l'ont eu.

———

Dans le dix-huitième siècle, le mouvement
de la société n'a presque eu d'autre objet que la
multiplication du travail et des jouissances. De
là est résulté pour l'Europe un état de maladie
qui a d'effrayans symptômes. Les choses ont occupé, dans l'ordre social, plus de place que
les personnes ; la sûreté et la propriété mises
en saillie ont paru les premiers de tous les biens;
la liberté nationale s'est effacée. Ou plutôt, on

n'a presque plus connu d'autres propriétés que
des propriétés individuelles ; chaque individu
s'est détaché de la masse. Bien loin de croire,
que lui tout entier et sa fortune tout entière
appartenaient à l'État, il a cru que l'Etat n'existait que pour assurer sa personne et sa fortune.
On aurait dit que l'égoïsme était devenu légal,
et que tout n'existait que pour procurer à l'é-
goïsme une entière et douce sécurité.

Mais l'égoïsme, porté au plus haut degré,
manque son but en devenant général, et
porte ainsi en lui-même, dans ses derniers développemens, son correctif et le germe de sa
destruction.

Dès que tout le monde est égoïste, personne
ne trouve plus son compte à l'être ; car l'é-
goïsme fait ses profits sur le désintéressement
et l'esprit public.

Ainsi la servitude générale de l'Europe a été
l'effet de l'égoïsme ; et les individus, espérant
de sauver leur existence particulière, et de conserver leur fortune, ont laissé tomber les
Etats, faute de vouloir faire des sacrifices, et
les ont vu tomber avec indifférence. Mais bientôt la tyrannie s'est étendue des gouvernemens
aux particuliers ; elle a tout dévoré, ou tout
menacé. Alors a paru un nouveau genre de pa-

triotisme et d'esprit public qui n'était au fond qu'un calcul d'intérêt propre, et les égoïstes eux-mêmes, ont pensé qu'il leur convenait de donner la moitié de leur bien pour sauver l'autre, et de sacrifier leur présent à leur avenir.

ORDRE SOCIAL, SOCIÉTÉ.

—

Il faut que les esprits puissent se persuader qu'ils s'occupent avec succès de la chose publique, que les hommes aient de quoi parler, et surtout qu'il règne partout un faux air de liberté; c'est ce qui fait que dans certains gouvernemens, où le peuple n'était pas encore mûr pour la servitude, on a laissé subsister des formes libres.

Il en est de la liberté chez certains peuples, comme de l'aisance dans certaines familles; on y est ruiné, et on ne veut pas le paraître; on manque du nécessaire, et l'on affecte encore les dehors du superflu; on n'a pas de pain, et l'on conserve encore quelques meubles de prix.

La constitution d'un peuple et les ressorts qui la font mouvoir, sont le principe vital de l'existence de ce peuple. Les lois doivent avoir un rapport direct avec lui. Raisonnables en elles-mêmes, les lois peuvent souvent aller dans un sens contraire à la constitution, et elles préparent alors une révolution dans l'État ou la dissolution de l'Etat. Des alimens sains peuvent ne pas être appropriés à une certaine organisation, et par cela même entraîner sa ruine. On a trop perdu cette maxime de vue dans ces derniers temps, l'on a enté sur monarchies, des lois, des usages, des institutions qui appartenaient à la démocratie, et cette greffe imprudente a amené la pourriture et la chute de beaucoup de trônes.

La raison et même la conscience du peuple consistent dans un petit nombre de maximes qui lui viennent de l'éducation, de la religion, et surtout de l'esprit et de la marche du gouvernement. Quand le gouvernement n'a plus de maximes, le peuple perd bientôt les siennes, et devient vacillant et indifférent comme ceux qui le gouvernent. Quand, sous prétexte de perfectionner l'éducation et la religion, les méthodes dans l'une et les formes dans l'autre se succèdent avec une effrayante rapidité, il n'y a plus rien de fixe ni d'arrêté pour le peuple; il ne tient plus à rien, et tout devient une affaire de mode.

La corruption de la masse du peuple commence toujours par celle des mœurs, et la corruption des mœurs par l'inégalité des fortunes qui place l'extrême pauvreté à côté de la ri-

chesse extrême. La corruption des classes dé-
veloppées commence souvent par l'esprit, et la
corruption de l'esprit par le goût et le talent du
sophisme. Les sophismes qui ébranlent les
principes s'insinuent dans les classes inférieures,
et suintent en quelque sorte partout. A la fin,
ces deux genres de corruption se rencontrent
et se confondent. Alors la corruption des mœurs
augmente et développe la passion des sophismes,
et la passion des sophismes hâte et accélère la
corruption des mœurs.

Le développement indéfini du travail, de la
richesse, des arts, des idées, tient à un mouvement continuel, et entretient ce mouvement
qui ne laisse subsister rien d'arrêté, de constant, d'invariable. D'un autre côté, l'ordre social, le respect pour les lois, l'attachement à la
patrie, tiennent à une sorte de constance et
d'immutabilité qui paraissent incompatibles
avec le développement. Ainsi, il y a une opposition frappante entre ce qu'exige la stabilité
des Etats, et ce qu'amène la marche progressive
de l'esprit humain. C'est ce qui fait que les Etats
modernes contiennent tous en eux-mêmes un
principe de dissolution.

On a souvent opposé la barbarie à la civilisation, l'ignorance aux lumières, et l'on a pesé

leurs avantages et leurs inconvéniens. L'époque de la révolution qui a été appelée à juste titre le régime de la terreur, a réuni, pour l'effroi et la leçon du monde, les deux extrêmes. Empruntant de la civilisation les idées nécessaires pour former et calculer des plans atroces, et de la barbarie la force nécessaire pour les réaliser, elle a produit des êtres monstrueux, qui avaient à la fois la fièvre chaude et la fièvre putride.

La puissance de la pensée ne détruira jamais le fléau de la guerre, parce que la pensée n'éteindra jamais le foyer des passions; mais d'un autre côté la guerre, et en général l'abus de la force physique, n'empêchera pas l'action de la pensée et ne détruira pas sa puissance. Il en est de la pensée comme de la terre; la guerre peut ravager les moissons, et arrêter quelque temps les travaux de la culture; mais la nature et l'ame conservent leur fécondité et recommencent toujours à produire.

Une nation se met au-dessus des principes et des lois morales, et après les avoir violées s'en amuse, et dans les jeux de son imagination déréglée se joue de sa propre corruption; une autre enfreint souvent les lois et porte atteinte aux principes, mais elle aime mieux y lire sa condamnation que d'ébranler leur autorité, et tout en les violant elle les respecte. La première a de mauvaises mœurs , soutient que les mœurs sont une chose indifférente, et, vaine de ses vices, tâche de paroître pire qu'elle ne l'est en effet ; la seconde tombe dans les mêmes désordres de conduite, et dans de plus grands peut-être encore , mais elle les cache et les dissimule ; elle en a honte, elle ne s'égaie jamais à leurs dépens. Laquelle de ces deux nations vous paraît la plus estimable?

Si la division du travail continuait à faire des progrès à l'indéfini, et si les travaux devenaient héréditaires dans les familles, comme ils l'étaient dans les anciennes castes, il viendrait peut-être un moment où le génie imparfait , mais perfectible de l'homme , ressemblerait à l'instinct borné, mais parfait dans son genre, des animaux , et où l'homme aussi ne saurait plus faire qu'une seule chose.

La raison et la liberté n'existent jamais dans l'homme qu'en puissance ; elles se développent sans cesse, mais elles ne sont jamais achevées ; elles marchent toujours, mais elles ne sont jamais arrivées à leur dernier terme ; l'ignorance et les erreurs s'opposent aux progrès de l'une , les besoins , les intérêts , les passions combattent sans relâche l'empire de l'autre ; la faiblesse n'engage pas même le combat avec ces ennemis, ou elle le soutient mollement et signe bientôt une paix honteuse. La première condition du règne de la liberté et des progrès de la raison est la force et la fermeté du caractère.

Les évènemens qui jettent la société hors de ses ornières, ou qui brisent le pivot sur lequel elle exécutait son mouvement, semblent enlever la plupart des hommes à eux-mêmes ; comme ils n'avaient que des habitudes, au lieu de principes, et une routine aveugle pour toute sagesse, tout leur manque et tout s'ébranle à leurs yeux dans des circonstances pareilles. Aussi déshonorent-ils leur esprit par des sottises, et leur cœur par des bassesses et des lâchetés.

On dit de beaucoup d'hommes dans les crises politiques et civiles, ils ont perdu la tête ou ils ont démenti leur caractère. Erreur ! on leur avait faussement attribué l'un et l'autre. Il n'y a que ceux qui n'ont pas de tête qui la perdent, et que ceux qui sont sans caractère qui se démentent eux-mêmes.

Le mauvais exemple du prince suffit pour corrompre une nation ; les bons exemples du prince ne suffisent pas pour la réformer.

On ne déplaît jamais autant à un prince vertueux par de certains déréglemens de conduite,
qu'on déplaît à un prince vicieux par une régularité soutenue et parfaite.

Tout marche dans les sociétés politiques ;
rien n'est stationnaire ; souvent le gouvernement seul est immobile. Comme il n'y a pas un
corps d'observateurs qui suive la marche des
mœurs et des opinions, le gouvernement n'est
averti de l'existence du mal que lorsqu'il est à
son comble. Il prend alors les effets pour les
causes ou les causes pour les effets ; il veut
combattre la maladie par le jeu des ressorts et
des organes qui sont dérangés sans qu'il le
sache et dont la faiblesse constitue la maladie;
souvent encore il oppose de petits moyens à de
grands maux ; c'est vouloir arrêter la mer par
des pailles.

Il y a toujours dans la société, comme dans
le parlement d'Angleterre, un parti d'opposition
qui contrôle, combat, attaque tout ce qui se fait,
se dit, se découvre, s'invente, tout ce qui est
nouveau et différent du passé ; ce parti de l'opposition est composé de l'ancien ministère de la
société, c'est-à-dire des vieillards, et de tous
ceux qui ne donnent plus le ton ; il est dirigé
contre le nouveau ministère, c'est-à-dire contre

les jeunes gens , qui donnent aujourd'hui l'impulsion, mais qui avec le temps perdent aussi leurs places , sont remplacés par d'autres et recrutent à leur tour l'opposition. L'existence de ce parti de l'opposition dans la société y entretient la vie spirituelle et morale, amène le conflit et la liberté des opinions, prévient beaucoup de bouleversemens, conserve l'ancien patrimoine en fait d'institutions et d'idées, et fait passer les nouvelles par un creuset épurateur.

Dans les constitutions où la souveraineté est partagée, il faut placer l'initiative des lois dans les corps, et le veto dans le prince. Un gouvernement, pour peu qu'il soit ancien , a toujours un esprit conservateur ; un peuple, pour peu qu'il soit développé, a toujours un esprit innovateur. La pensée nationale, comme toute pensée , résulte de l'action combinée de l'imagination et du jugement ; l'imagination doit se trouver dans l'action des représentans du peuple , le jugement dans l'action du prince.

Il n'est pas douteux que, vu les développemens et les formes que la tactique a prises dans les temps modernes, les généraux ne doivent joindre au courage de l'esprit , à la hardiesse et à la fermeté du caractère, beaucoup de lumières et de connaissances acquises ; mais selon

II.   18

la nature du principe vital des armées, on devra craindre ou espérer que ces lumières se répandent dans tous les rangs de l'armée. Les lumières rendront l'obéissance plus douteuse ou du moins plus difficile; plus il y aura d'idées dans les individus, plus il y aura de divergence dans les mouvemens, moins il y aura d'unité; tout le monde voudra commander; personne n'exécutera les ordres, sans les examiner, les contrôler, les critiquer. Les subalternes supporteront avec peine leurs fonctions purement machinales; on ne saurait être à la fois pensée et machine, artiste et instrument.

Un roi devrait être au-dessus de sa nation, par la nature de ses principes, et la mesure de ses idées. C'est quelque chose, quand il est à son niveau; mais il est perdu, ou elle est perdue, quand il est au-dessous d'elle. Dans le premier cas, il est grand; dans le second, estimable; dans le dernier, méprisable, et méprisé.

Afin de favoriser la culture, on a abattu les forêts, et l'on a compromis ainsi le sort des moissons. En changeant le climat par cette mesure imprudente, on a ôté aux vents leurs barrières, et aux fruits de la terre l'abri qui les garantissait des accidens. Il en a été de même de la culture intellectuelle. Afin de favoriser les progrès des lumières, on a abattu les anciennes institutions, on a déraciné des doctrines utiles, qu'on a marquées du nom de préjugés, et l'on a bouleversé l'Europe sous tous les rapports, exposé l'ordre social aux coups des vents révolutionnaires et dévastateurs, et compromis le sort de la vérité elle-même.

Il y a tel pays où les lumières n'ont jamais été qu'un feu d'artifice, et où le ministre de l'instruction publique devrait être appelé le grand artificier.

Il est bon que le commun des hommes marche dans les chemins frayés, au milieu de toutes les barrières, de tous les jalons qui peuvent marquer la route, et prévenir des égaremens. Si ces hommes sortaient de la route battue, ils ne feraient que se tromper, et multiplier leurs faux pas. Leurs écarts seraient rarement heureux. Le service ordinaire de la société demande que les voitures publiques restent dans le grand chemin; mais il est bon qu'il y ait toujours un certain nombre d'esprits qui méprisent les or-

nières de l'usage, de la bienséance. Ce sont les
éclaireurs de la société.

Au milieu des hautes Alpes, on croirait voir
un monde en ruines. Les rochers détachés de
leurs bases, entassés confusément les uns sur
les autres, quelquefois lancés à une grande
distance de leurs fondemens, attestent les bouleversemens prodigieux dont cette partie du
monde a été le théâtre. Mais au milieu de ces
ruines, où la mort paraît avoir établi son
trône, et où la végétation semble expirer, on
rencontre quelquefois, entre les fentes des rochers, une belle fleur alpine. Vive image des
belles actions, et des traits de dévouement et
d'héroïsme, qu'on rencontre au milieu des ruines de l'ordre social, dont la révolution a couvert la France.

L'ambition remplit toutes les pages de l'histoire. Ses crimes, ses succès, ses malheurs
font tout l'intérêt de ce long et sanglant drame.
C'est qu'il y a toujours dans la grande ambition dont l'objet est vaste, élevé, difficile,
quelque chose d'extraordinaire et d'énergique,
qui occupe, attache et séduit même la plupart

des hommes. Des désirs immenses ne germent pas dans des ames communes. Il semble toujours que des désirs de ce genre annoncent des forces proportionnées, ou qui dépassent du moins la mesure ordinaire.

Ambitionner une place quelconque est commun et misérable. Ambitionner un trône a quelque chose de grand. Cependant on pardonne la première de ces ambitions, et l'on redoute l'autre. On a raison; car la première arrive à son objet par une intrigue, l'autre ne peut arriver au sien que par une révolution.

———

Donnez successivement à l'homme tous organes compatibles avec ses forces intellectuelles, transportez-le tour à tour dans tous les mondes, suivez-le à travers tous les temps et tous les lieux, et vous concevrez comment ses forces perfectibles à l'indéfini se perfectionneraient sous tous les rapports, sans atteindre le dernier terme de leur perfectionnement. Mais il n'en est pas moins vrai que dans son séjour actuel, et dans sa condition présente la perfectibilité de l'homme est limitée; d'abord par ses organes, soit de sentiment soit de mouvement; ensuite par les circonstances physiques.

où il se trouve placé ; — le climat, le sol, la nourriture décident du caractère, et du développement des différentes peuplades : enfin par l'ordre social dans lequel il vit.

De ce que l'homme est perfectible à l'indéfini, il ne s'ensuit pas que l'ordre social le soit également. Le perfectionnement de l'individu dans son état actuel est borné, comment celui des grandes masses d'individus, appelées nations, ne le serait-il pas? La vie organique de l'individu est soumise à des lois de croissance et de décroissance, de vigueur et d'affaiblissement, comment la vie des Etats qui sont des corps organiques artificiels, échapperait-elle à ces vicissitudes? Dans chaque période donnée de l'espèce humaine, à côté des peuples qui se développent sous tous les rapports, et qui parviennent à une grande hauteur, il y en a d'autres qui se développent mal, ou ne se développent pas du tout; il y en a qui gagnent du côté de l'intelligence, et qui perdent du côté du caractère et des mœurs. Quelque parfaites que soient les formes sociales chez un peuple, le nombre des individus qui parviennent à un haut degré de développement, est toujours fort circonscrit.

La religion et la législation sont les deux

principales puissances qui agissent sur l'homme.

Dans les Etats anciens, la religion et la législation n'étaient pas distinctes l'une de l'autre. Chez les uns la religion était une véritable législation; chez les autres la législation était une véritable religion. Dans ceux même où elles étaient en apparence séparées, elles étaient, dans le fait, confondues : car la religion n'était qu'un moyen de législation.

Toutes les religions anciennes étaient des religions nationales qui, par leurs fêtes et leurs rites comme par leurs dogmes, par leurs préceptes comme par leurs défenses, ne tendaient qu'à former des citoyens pour une ville ou un Etat donné, qui se trouvaient dans des circonstances physiques et morales toutes particulières.

C'étaient des religions purement calculées sur le monde sensible. Elles ne parlaient qu'aux sens, soit par la nature de leurs doctrines, soit par celle de leurs cérémonies. Elles n'avaient d'autre but que de renforcer l'action des lois, ou d'assurer leur exécution, ou d'embellir la vie par les institutions, par les fêtes, les plaisirs, les arts, et d'attacher ainsi les hommes à la terre natale, et au sol de la patrie.

La religion chrétienne est venue changer

tous ces rapports, et elle devait les changer, car elle a des caractères diamétralement opposés.

Tandis que le paganisme ne se rapportait qu'au monde sensible, la religion chrétienne , sortie du sein du monde invisible , porte dans toutes ses parties le caractère et l'empreinte de son origine.

Le paganisme , sous ses différentes formes , avait toujours quelque chose de fini. De là vient que le beau y était commun , et que le sublime y était rare. La religion chrétienne a des rapports tellement intimes avec l'infini , qu'on peut dire qu'il forme son essence.

Le paganisme, toujours purement national , développait le citoyen d'Athènes, de Sparte, de Rome , comme la constitution de chacun de ces pays le demandait. La religion chrétienne développe l'homme, ou plutôt s'adressant à l'humanité tout entière , à l'humanité de tous les temps, et de tous les lieux, elle fait abstraction de toutes les différences locales et nationales. Cela seul prouverait déja qu'elle a un caractère infini, et qu'elle ne peut s'appliquer dignement qu'à la perfectibilité indéfinie de l'homme.

VERTU, PASSIONS, BONHEUR.

On réussit par ses défauts presque autant que par ses vertus, pourvu qu'on ait les défauts de son siècle, de sa nation et de son entreprise.

On n'a pas besoin de l'assentiment des autres pour tenir fortement à ses principes. Pour peu qu'on ait du caractère, on n'en douterait pas, quand on serait seul de son avis,

On tient quelquefois à ses principes à raison de ce qu'ils sont proscrits et rejetés ; comme on s'attache aux malheureux ou aux hommes de mérite injustement persécutés.

L'antiquité d'un principe inspire une sorte de respect involontaire ; quand on le retrouve dans tous les écrivains supérieurs, dans toutes les ames d'élite des siècles antérieurs aux nôtres, il acquiert une plus grande certitude et une sorte de noblesse morale en passant par le tamis des siècles. Alors il semble qu'il appartienne à la nature humaine et qu'il soit une espèce de sceau auquel on reconnaisse ceux qui sont des héritiers légitimes de la grande famille.

Il est des temps où la retraite est le premier devoir de l'honnête homme. Il faut qu'on enfouisse l'or pur de ses sentimens et de ses pensées, de crainte qu'on ne le lui enlève ou que le contact de l'air ne le rouille. On doit fuir la société, quand il serait dangereux de parler, pénible de garder le silence, et que le silence lui-même serait déja une espèce de trahison faite à la vérité et aux principes.

Une vue de l'esprit ressemble quelquefois à un mouvement de l'ame, et une idée à un sentiment. Quelquefois aussi l'instinct du sentiment opère comme le génie, et enfante, sans le savoir, de grandes pensées. Une personne d'une intelligence supérieure et d'un cœur froid, et une personne d'un esprit ordinaire, mais qui a beaucoup d'ame, paraîtront quelquefois changer de rôle.

Un ame atroce, mais forte et fière, peut commettre des crimes et mériter l'horreur des cœurs honnêtes, mais la fierté la préserve des perfidies, des bassesses, et la sauve par conséquent du mépris. Quand on lit, dans Tacite, le discours d'Agrippine accusée d'avoir conspiré contre son fils, on ne peut se défendre d'admiration : on se rappelle sans doute que cette femme a commis des crimes pour faire régner

Néron ; mais en fait de scélératesse le lâche empoisonneur de Britannicus, accusant sa mère pour se défaire d'elle, ne saurait soutenir le parallèle.

Il y a dans l'histoire romaine, sous les empereurs , des raffinemens de débauche, de désordre, de cruauté dans tous les genres, qui n'ont tenu qu'à un besoin vague d'activité d'esprit, ou à un mouvement déréglé d'imagination. Le comble du crime paraît n'y être quelquefois qu'une affreuse bizarrerie.

Il y a des saisons pour les passions, comme pour les différentes sortes de vêtemens. L'ambition révolterait dans un enfant ; l'avarice à cet âge ferait horreur ; autant vaudrait-il le voir chargé de rides, marcher sur des béquilles. Chaque chose à son temps ; les passions, et même les vices, ont leurs bienséances et leur étiquette.

On a eu tort d'appliquer en Allemagne le mot d'humanité à toutes les qualités qui se trouvent dans la nature humaine perfectionnée et développée. C'était une grande et belle idée d'attacher exclusivement ce mot aux sentimens et aux actions qui tiennent à l'amour pur et désintéressé de l'espèce humaine , et de n'appeler humain que ce qui rassure, console et soulage l'humanité. C'est faire déroger ce nom sacré, et le dégrader en quelque sorte, que de le donner au génie ou au goût des arts, etc., etc.

La force sans humanité fait peur ; l'humanité sans force et sans énergie fait pitié. L'une est un principe du mouvement sans direction bienfaisante ; l'autre un principe directeur sans un principe de mouvement.

La philosophie a rarement donné du courage d'esprit et du caractère, mais le courage et le caractère ont donné quelquefois de la philosophie. Les règles et les théories n'ont jamais donné à personne du génie, ni même du talent ; mais les productions du talent on pu le conduire à la connaissance des règles.

Il n'y a point d'hommes plus redoutables que ceux qui méprisent la vie et qui ne voient et ne craignent rien après la mort.

Ceux qui aiment la vie par dessus tout, ne devraient aimer qu'elle. Cet amour n'admet pas de partage ; et tous les objets qui ont un prix réel, ne peuvent souvent s'acquérir ou se conserver que par le mépris de la vie.

La paresse peut conduire à tout ; elle ferait aimer l'esclavage, s'il ne condamnait pas les esclaves aux travaux les plus pénibles.

Les hommes supportent souvent avec impa-

tience les maux inévitables de la nature, qui
ne devraient leur inspirer qu'une soumission
volontaire et réfléchie ; ils supportent avec une
patience servile les maux que leur font leurs
semblables qu'ils pourraient prévenir ou corriger, et qui devraient du moins toujours exciter leur indignation. La paresse explique ce
phénomène. Quand il est impossible d'agir, on
murmure et l'on s'agite ; quand il serait possible d'agir, on souffre et l'on se tait.

Le bonheur général est le correctif des peines
particulières pour les ames délicates ; le malheur général est le correctif des maux personnels pour les ames communes, souvent même
ces dernières les rendent insensibles à l'autre.

Les vices et les vertus ne diffèrent souvent
que par le degré, et il y a quelquefois de fausses
ressemblances entre ces qualités si hétérogènes.
Il est très difficile de saisir, sur cette ligne délicate, le point où se fait le passage de la vertu
au vice, et du vice à la vertu. Un œil exercé et
impartial peut seul faire apercevoir ces nuances
avec justesse. Les flatteurs et les détracteurs le
savent bien ; ils profitent de ces ressemblances
du vice et de la vertu ; les uns pour donner à
la vertu les couleurs du vice ; les autres pour
donner au vice les couleurs de la vertu. Selon

la nature du caractère d'un homme, et selon
les expériences qu'il a faites dans la société et
dans le monde, il sera plus porté à voir le vice
sous les dehors de la vertu , ou la vertu sous les
apparences du vice. Quand on a le malheur de
vivre dans un siècle aussi corrompu que celui
de Tacite, et qu'une action peut être également
bien expliquée par deux solutions différentes ,
on incline plus pour celle qui est peu honorable à l'espèce humaine.

Le malheur jette dans le monde des idées, le
bonheur vous concentre dans la réalité. Aussi
est-il bien plus difficile de supporter le bonheur
que le malheur avec dignité ; car la dignité
consiste à être au-dessus de ce qui est , et à voir
quelque chose au-delà.

La liberté morale consiste dans le règne du
devoir ; la liberté civile et politique consiste
dans le règne de la loi ; la servitude morale dans
le règne des passions ; la servitude politique
dans le règne de l'homme et de sa volonté arbitraire. Le règne de la loi est bon , lors même
que telle ou telle loi serait mauvaise ; le règne
de l'homme est nuisible et funeste , lors même
que dans certaines circonstances l'homme
serait bon , et sa volonté arbitraire, raisonnable.

Il faut des mœurs et du caractère pour supporter la liberté tout entière, et il ne faut que
de l'esprit et des lumières pour ne pas supporter
toute la servitude. Quiconque est fier veut la
liberté tout entière et souvent en est digne ;
quiconque est vain ne veut pas la servitude
tout entière et souvent la mérite.

Dans toutes les sociétés riches et corrompues,
il y a un petit nombre d'hommes qui ont le courage de leurs propres pensées, l'énergie du
crime ; ils sont méchans et hardis. Un plus
grand nombre est méchant et timide. Ces derniers conçoivent le mal, ils le veulent même,
mais ils sont trop lâches pour le faire. La multitude ne veut pas le mal, ne le fait pas, mais
elle craint par dessus tout les peines, les privations, les douleurs ; faute de caractère et de résolution, elle ne s'oppose pas au crime, s'y résigne et le supporte. Ainsi la clef de toutes les
révolutions se trouve dans les paroles de Tacite :
*Pauci audent facinus, plures volunt, omnes
patiuntur.*

Souvent quand les choses se passent à distance de nous, nous plaçons encore tel ou tel
évènement dans l'avenir, et il est déjà dans le
passé. Rien ne prouve plus l'ignorance et la faiblesse de l'homme et ne semble avec plus de

justice accuser l'indifférence apparente du ciel ,
que les prières et les vœux des malheureux
mortels dans des circonstances pareilles. On regarde encore comme incertain , ce qui est déja
irrévocablement décidé.

Que de grandes choses les hommes eussent
faites , si la volonté de se mettre au-dessus ou
à l'abri des craintes leur avait inspiré la moitié
des sacrifices que la crainte leur a arrachés !
Quand on voit le courage qu'ils ont déployé
dans certaines époques de l'histoire pour supporter le malheur , on trouve que la moitié de
ce courage converti en courage d'action eût
suffi pour prévenir le malheur.

On pourrait peut-être ramener toutes les
émotions à la pitié, et c'est ce qui fait que la
joie elle-même a quelque chose d'attendrissant.
J'inclinerais à croire que l'idée du malheur ,
comme possible, probable , ou certain , comme
présent ou comme éloigné, se mêle à toutes les
émotions que donnent les arts et manifeste ainsi
sa puissance. On est touché du malheur que les
arts représentent, ou l'on s'irrite des passions
malfaisantes qui l'ont amené, ou l'on se réjouit
de ce qu'un évènement heureux fait échapper
au malheur, ou , convaincu de la courte durée
des joies humaines , on soupçonne déja sous le

bonheur présent quelque amertume secrète et cachée.

L'espérance d'un plaisir suffit, comme la crainte d'une peine, pour faire supporter et braver à l'homme les plus terribles douleurs. Voyez les martyrs de la religion; leur exemple prouve que l'impression du bien est plus forte et plus profonde que celle du mal. Voyez même les martyrs d'une idée quelconque qui, sans espérances religieuses, sont morts par attachement pour leurs principes. Le plaisir attaché au sentiment de la fermeté, de l'énergie, de la force, l'emportait chez eux sur les tourmens les plus affreux.

On ne désire pas une vie simple, uniforme, resserrée dans un cercle étroit, afin d'offrir moins de surface aux coups du sort et de se dérober au mal; mais on désire une vie de ce genre, parce qu'elle présente le calme nécessaire à la véritable activité, et qu'elle prolonge en quelque sorte l'existence, en la débarrassant de toutes les choses inutiles ou frivoles.

La plupart des hommes ne voudraient pas recommencer leur vie, uniquement parce qu'ils la savent par cœur. Ils ne peuvent pas se détacher d'eux-mêmes, ni imaginer comment ils désireraient, espéreraient, posséderaient avec

II.

plaisir des objets qu'ils connaissent. Quelque agréable que leur vie ait été, elle manque à leurs yeux, quand ils la projettent dans l'avenir, du premier de tous les charmes, du charme de la nouveauté, c'est-à-dire d'une grande activité.

Il y a des plaisirs qui effacent ou affaiblissent toutes les douleurs, comme il y a des douleurs qui effacent ou affaiblissent tous les plaisirs.

Le plus souvent, la peine ne consiste que dans l'absence d'un bien qu'on avait possédé, ou qu'on avait espéré d'obtenir ; et le plaisir, dans l'absence d'un mal qu'on avait souffert ou qu'on avait craint. Dans ces deux cas, le plaisir et la peine sont en raison directe l'un de l'autre, et par conséquent égaux en intensité.

L'état habituel de la plupart des hommes est un état de repos ou d'indifférence, auquel la peine et le plaisir viennent s'ajouter. Delà vient que nous sommes plus accessibles à la crainte qu'à l'espérance, parce que le mal nous sort de cet état de repos et nous l'enlève; en nous l'enlevant, il nous enlève tout, au lieu que l'absence de tout plaisir positif nous laisse encore ce fond de la vie qui pour le commun des hommes peut suffire à la vie.

Le bonheur attire à vous les ames communes; le malheur vous attache les ames élevées et délicates. Belle et bienfaisante attraction, établie par la nature, qui rapproche ce qu'il y a de plus parfait de ce qu'il y a de plus cruel !

L'unité de caractère ne consiste pas dans une seule qualité ou un seul trait dominant, mais dans la réunion de qualités en apparence opposées, ou de traits qui paraissent s'exclure l'un l'autre, et qui en s'amalgamant forment un tout harmonique. L'unité de caractère est en général très rare dans le monde, car elle est toujours l'ouvrage de l'art, et le résultat d'un grand travail de l'homme sur lui-même. La plupart des hommes n'offrent que des élémens, ou des matériaux de caractère qui, fournis par la nature et par les circonstances, n'ont pas été élaborés.

Quand Beaumarchais dans le Clavigo de Gôthe, voit couler le sang de son adversaire, il s'écrie, d'où vient que toute ma colère s'écoule avec son sang ? Cette réflexion est d'une vérité profonde, mais effrayante ; ce qui fait le désespoir des passions, et en même temps leur supplice, c'est qu'au moment où les actions qu'elles ont inspirées sont faites, elles changent de nature aux yeux de la passion elle-même. Ce qui n'avait point d'importance en acquiert ; ce qui seul paraissait imposant cesse de l'être.

Pour bien juger l'action qu'on va faire , il faudrait peut-être se placer toujours après l'action. On est bien facile , bien indulgent , bien disposé à saisir le beau côté des choses avant que l'action soit faite ; on est bien sévère , bien difficile envers soi-même après l'action. Quelle différence entre la liberté qui peut encore tout, et l'irrévocable nécessité contre laquelle on ne peut rien !

Noctem sideribus inlustrem et placido mari quietam , quasi convincendum ad scelus , Dii prœbuere. Le calme , le repos , la beauté paisible de la nature , forme un contraste sublime dans ce morceau de Tacite , avec l'agitation de l'ame de Néron , qui a tout préparé pour faire périr sa mère. Ce contraste qu'on retrouve encore dans d'autres écrivains , est à-la-fois consolant et effrayant. Il est consolant , puisque le calme et l'ordre de la nature semblent annoncer qu'il y a pour l'homme un asile quelque part ; il est effrayant , car ce calme ressemble à l'indifférence , et la nature suivant toujours sa marche accoutumée et invariable , paraît mettre peu d'importance aux actions humaines.

L'homme voit son crime dans sa conscience,

mais il faut qu'il entende ou qu'il croye entendre dans sa conscience la voix de la conscience universelle, pour que sa conscience fasse justice du coupable. Delà vient que la conscience des rois et des maîtres du monde s'assoupit facilement ; les flatteurs leur persuadent qu'elle n'est pas l'écho de la conscience universelle.

Le malheur et le crime sont plus effrayans durant les ténèbres de la nuit. L'univers cesse en quelque sorte d'exister pour l'ame, et il ne lui reste qu'elle-même ; elle sent ses peines ou sa faute sans aucune espèce de distraction. Le malheur non mérité laisse du moins subsister pour l'ame un point lumineux ; c'est la conscience qui devient son unique point d'appui. Le crime le lui enlève, et semble la laisser dans le néant, ou la livrer sans guide, sans allié, sans une garantie quelconque à cette nature immense, active, inconnue, dont elle mérite toute la colère, et qui paraît s'être obscurcie pour la détruire plus sûrement.

La lumière du jour répand l'ame sur le monde des objets, et la réjouit en l'occupant sans fatigue ; la nuit ramène l'ame sur elle-même, et l'attriste péniblement en ne lui offrant rien qui provoque la pensée, la facilite, ou la

délasse. Le clair - obscur de la lune donne à
l'ame une tristesse voluptueuse ou une joie
mélancolique, parce qu'il montre et cache les
objets autant qu'il le faut pour donner l'éveil à
l'imagination, et pour la diriger dans ses rêve-
ries.

Il y a quelque chose d'intéressant, et une
sorte de charme poétique et moral dans ces prodiges que Tite-Live et Tacite racontent sans y
croire. La vertu et le vice, le bonheur et le
malheur des hommes, acquièrent par-là une
importance qui fait du bien au cœur, et qui
relève la dignité de la nature humaine. Il semble au lecteur que le ciel s'intéresse à la terre,
d'une manière directe et sensible, et que la nature physique sympathise avec la nature morale.

La vertu dans sa perfection n'est jamais que
la perfection de la volonté, et la volonté n'est
qu'une des facultés de l'homme. La perfection
de l'homme tout entier consiste dans le développement harmonique de toutes ses facultés, et
la règle n'est qu'une des conditions de ce développement. En perdant de vue ce principe, et
en insistant exclusivement sur l'observation de
la règle, on fait oublier et négliger les autres
côtés de la nature humaine. La fleur de la vie

ou de l'ame ne s'épanouit, ne se développe pas
dans toutes ses directions; souvent même la règle
mal présentée, au lieu d'être un principe de
force et d'action , ne devient qu'un appui ou
un étai auquel on assujétit la plante pour l'o-
bliger à s'élever en ligne droite, et l'empêcher
de prendre une fausse direction.

La loi morale , dans son inflexible rigueur,
dégagée de toute espèce de rapports avec la sensibilité, la loi morale qui ne veut que commander, et ne veut pas plaire, ressemble à ces
mains de bois qui, sur les grands chemins, indiquent les routes.

Ceux qui rapprochent et confondent la justice et l'humanité ou la bienveillance , et qui
voudraient faire croire qu'elles sont une seule
et même chose, les compromettent toutes d'eux.
Si vous faites trop ressembler la justice à l'humanité, la justice sera moins stricte, moins sévère, moins sainte ; si vous faites trop ressembler l'humanité à la justice ; l'humanité sera
moins douce, moins aimable, moins délicate.
D'ailleurs, à quoi bon ces tours de force? On
ne changera pas la nature des choses, et le
droit de faire valoir ses droits ne sera jamais
l'équivalent de l'obligation de les sacrifier quelquefois au bonheur des autres.

Les monstres nous étonnent dans la nature ; c'est bien plutôt l'ordre constant et invariable de la nature qui devrait produire cet effet ; car dans le mouvement continuel de toutes les forces et de tous les élémens, ce qu'il y a de plus inconcevable, c'est qu'un type uniforme se conserve, et non qu'il y ait des déviations de ce type. Dans l'empire de la liberté, il doit y avoir plus de variété que sous l'empire de la nécessité ; le développement des esprits n'est pas assujéti à la même uniformité que le développement des corps. Il n'y a proprement point de monstres dans le monde moral, car les hommes qui, par leurs excès ou par leur perversité, sont en quelque sorte le désordre vivant et personnifié, peuvent d'un moment à l'autre, et quand ils le voudront, revenir à l'ordre, en prendre l'empreinte et les traits.

Dans l'ordre de la nature, tous les êtres organisés qui, par un vice de conformation, ne peuvent pas vivre ou du moins exercer toutes leurs fonctions, sont appelés des monstres. Dans la société, ceux qui ne font que végéter, sont quelquefois tentés de donner ce nom aux ames qui ont le plus de vie, d'énergie, d'élasticité, et qui, échappant au cordeau de l'usage et de la routine, s'élancent dans les airs et s'y développent d'une manière originale.

Au premier coup-d'œil, c'est une belle idée de croire que tous les défauts et tous les vices viennent d'ignorance, et qu'il suffit de voir et de connaître le bon et le beau pour l'aimer et pour le suivre. Cette doctrine paraît relever la nature humaine, et lui enlever ce principe de corruption naturelle que d'autres ont cru y remarquer ; elle met plus d'unité dans l'homme, en établissant une union intime entre l'entendement et la volonté. Il semble aussi qu'elle rende le perfectionnement de l'homme plus facile ; on peut plutôt éclairer l'entendement que changer la volonté. Mais cette doctrine est aussi sujette à de grandes difficultés ; elle est opposée à l'expérience, qui prouve qu'il ne suffit pas d'être éclairé pour être moralement bon, et que nous marchons souvent à côté de nos lumières ; elle semble méconnaître la grande différence qu'il y a entre une vue de l'entendement et une affection de la sensibilité, entre un motif et un penchant ; enfin, elle est contraire à la vertu et à la dignité de la nature humaine, car elle place le principe de notre mérite dans nos lumières qui ne dépendent pas de nous. Il arrive souvent qu'au lieu de

donner de la trempe à la volonté, on illumine
de plus en plus l'entendement, et les remèdes
se trouvent être insuffisans , parce qu'on s'est
trompé sur le siège du mal.

Les stoïciens ont été les seuls philosophes de
l'antiquité qui aient joint une grande indulgence
pour les défauts et les vices des hommes à une
morale pure et même austère. Cette indulgence
avait un principe tout différent de celle que le
christianisme nous recommande. La première
tient à l'apathie des stoïciens que les vices des
hommes doivent, aussi peu que tous les autres
maux, troubler et déranger ; la seconde tient
à l'humilité ; l'une suppose que tous les hommes
peuvent être régénérés , pourvu qu'on les
éclaire, que ce sont des malades qu'on peut
guérir ; l'autre part de l'idée que tous les hommes sont plus ou moins corrompus , et que tous
ont besoin de miséricorde.

———

La rougeur est la couleur de l'innocence, ou
de la repentance. Elle suppose l'ignorance du
mal , ou le regret du mal.

———

Qu'est-ce que la vie? Pourquoi ne se fait-on

pas cette insoluble question en voyant la vie dans toute sa plénitude, et pourquoi se la fait-on toujours en voyant un cadavre ?

———

Ce n'est pas, quand l'eau est agitée, qu'elle réfléchit les beautés de la nature. Elle ne produit ce bel effet que dans le calme. Il en est de même des ames humaines. Agitées par les passions ou les plaisirs, elles sont fermées aux impressions de la nature.

Dans le tourbillon des affaires, même dans celui des grands intérêts politiques, on devient étroit ou petit, quand on ne voit rien au-dessus d'eux. Pour se préserver de cette funeste maladie, il faudrait jeter tous les jours un coup-d'œil sur la voûte étoilée, ou sur le ciel du monde invisible.

———

Abstenir et supporter, était la devise des Lacédémoniens. Cette maxime est d'un grand prix, mais elle n'est pas au-dessus de tout prix. Elle développe le caractère, mais elle nuit au développement des autres facultés de l'homme. Au fond elle appauvrit et dessèche l'ame. La variété des jouissances innocentes est comme la

sève de l'ame ; elle l'épanouit, l'enrichit, lui
fait connaître toute l'étendue de ses forces, car
elle l'unit par tous les points à toutes les richesses de la nature. Il faut savoir s'abstenir
de tout, et tout supporter, quand le triomphe
des idées éternelles le demande ; mais il ne
faut pas vivre habituellement d'abstinence et
de patience. Quand un homme s'abstient des
jouissances qu'il connaît, qu'il aime, et qu'il
peut se procurer, alors seulement l'abstinence
devient une vertu. Quand l'homme épouse volontairement la douleur pour obtenir un but
désintéressé, la patience prend un caractère de
grandeur.

La simplicité a tous les avantages de la
pauvreté, sans en avoir les inconvéniens. Elle
suppose qu'on est à l'abri du besoin, ou qu'on a
peu de besoins avec beaucoup de moyens de
les satisfaire.

On voit bien par tous les moyens, et tous
les efforts que Sénèque emploie pour préparer
l'homme au malheur, qu'il manquait de deux
grands ressorts qui élèvent l'homme naturellement au-dessus de l'infortune, et que nous.

devons à la religion chrétienne; c'est la résignation et l'espérance.

———

Ne s'attacher à rien, de crainte de perdre
les biens de la santé et de la fortune ; c'est refuser de vivre, de crainte de mourir. Il est un
point de vue plus élevé pour l'homme, qui le
plaçant au-dessus de la bonne, et de la mauvaise fortune, lui permet de braver l'une et
l'autre. Du moment où l'on connaît quelque
chose de plus pur, de plus durable, de plus
réel que ce qu'on est convenu dans le monde
d'appeler des biens, on jouit de tout sans em-
portement, et l'on perd tout sans connaître le
désespoir.

———

Ce qui est irrévocablement décidé, repose
l'ame, et lui rend des forces, en faisant cesser
les fluctuations qui partageaient ses moyens et
l'affaiblissaient. Le désespoir même vaut mieux
que des espérances toujours renaissantes, et
toujours trompées par de nouveaux revers, ou
toujours remplacées par de nouvelles craintes.

———

Il y a une force qui vient de la faiblesse ;

c'est celle que donne la passion. Il y a une faiblesse apparente qui suppose une grande force ;
c'est la patience réfléchie.

———

Presque personne n'est content de sa situation ; et chacun est content de soi. Au contraire , la plupart des hommes devraient être
contens de leur situation ; et personne ne devrait être content de soi. Le nécessaire pour la
vie animale , le plus grand luxe en fait de vie
morale et intellectuelle , voilà ce qui convient
à l'homme. A cet égard encore on peut dire :

Le superflu , chose très nécessaire.

———

Un trait caractéristique des grandes formes
morales dans le monde ancien , c'est qu'elles
s'ignoraient ; et au fond la vraie grandeur doit
toujours s'ignorer elle-même. C'est le propre
du génie comme de la vertu.

Il y a aujourd'hui, même dans les hommes
d'élite , un mouvement réfléchi de l'ame sur
elle-même, qui fait qu'elle s'observe elle-
même, et qu'elle calcule ses démarches ; or ce
mouvement est incompatible avec l'ignorance
de soi , la simplicité et la naïveté du caractère.

Il y a des hommes vertueux, et même des héros, par réflexion, comme il y a des poètes qui se proposent de l'être, et qui travaillent à le devenir. Il y a un génie de la vertu et de l'héroïsme, comme il y a un génie de la poésie. L'un et l'autre font qu'on agit par des inspirations soudaines et qu'on se tire du pair sans savoir comment la chose se fait.

Il y a des artistes, des artisans, et même des manœuvres de vertu.

———

Toutes les passions, et la plupart des occupations des hommes en société les ramènent non-seulement à eux-mêmes, mais les portent encore souvent à sacrifier les autres à eux. Prenez le commerce, le travail des arts mécaniques, l'ambition, la vanité, vous y verrez toujours le triomphe de l'égoïsme qui tâche de vivre aux dépens des autres. Au contraire, toutes les occupations des femmes les sortent d'elles-mêmes, et les portent à se sacrifier pour les autres. Elles ne pensent à elles-mêmes que pour s'oublier, et ne rencontrent le bonheur qu'en travaillant au bonheur des autres.

La rivalité entre les femmes n'est qu'un besoin d'être aimées sans partage. La rivalité en-

tre hommes n'est qu'un besoin de s'aimer soi-
même, un effet de l'amour-propre.

Les femmes se développent comme les plantes, par un mouvement intérieur, par un épa-
nouissement doux, lent, et paisible. Les hommes
souvent se développent, ou plutôt augmentent
de volume, par tout ce qui vient s'ajouter à
eux du dehors. L'instruction est, pour la plupart d'entre eux, une espèce de juxta-position,
qui ressemble assez à l'accroissement des pier-
res et des minéraux.

L'amour a quelque chose de plus poétique en
Allemagne que partout ailleurs. L'imagination
y répand sur le sentiment une vapeur magique.
Le sentiment, sans le concours de l'imagination,
a quelque chose de naïf, de simple, de pur,
mais ce n'est qu'avec elle qu'il prend quelque
chose d'infini. De là vient qu'en Allemagne
l'amour s'unit facilement au culte des arts, et à
celui de la divinité.

Les femmes veulent plaire, parce qu'elles
aiment, ou parce qu'elles veulent être aimées.

Les hommes veulent plaire aux autres, afin de se plaire d'autant plus à eux-mêmes.

———

Le sentiment de l'amour, chez les Français, incline toujours à une alliance secrète avec l'esprit, qui ne s'unit à lui que pour le faire mourir agréablement. Le sentiment de l'amour s'unit, en Allemagne, à l'imagination, et cette alliance le fait vivre, prospérer, et durer.

Tout sentiment qui s'allie avec l'esprit, est un sentiment qui se comprend lui-même, ou que l'on comprend parfaitement. Or on ne comprend que ce qui est limité, on ne saisit que ce qui est clair. L'esprit fait donc perdre au sentiment ce qu'il a de confus et ce qu'il a d'infini.

———

Dans celui qui manie cette arme avec légèreté, et avec succès, l'ironie suppose une supériorité décidée, une présence, une liberté d'esprit parfaite. Se moquer de soi-même, et des autres d'une manière détournée, délicate, indirecte, telle que l'ironie, c'est se placer ou

II.　　　　　　　　　　　　20

paraître placé au-dessus de tout. Mais, comme
l'ironie suppose dans toutes les choses auxquelles on l'applique, un défaut total de mérite, de valeur, et de grandeur réelle, l'ironie
poussée à l'extrême est le vrai moyen de tout
désenchanter, de tout éteindre, de tout anéantir, et ne laisse rien subsister de réel, d'important, de sacré aux yeux de l'homme, pas
même l'homme.

———

Rien ne ressemble plus à la marche de la
vie humaine que la danse, et un bal est l'em-
blême du monde. Le caractère primitif, ou le
ton dominant de l'ame, qui accompagne les
actions et les démarches, ou qui les produit,
c'est le genre de musique qui préside aux
différentes danses, et qui en détermine le
mouvement. Ces danses expriment l'ivresse
ou la réflexion, la mélancolie ou la gaîté,
le plaisir ou l'étourderie, comme les différens genres de vie. Ce qui leur est commun
à tous, c'est la joie du début, le mouvement de l'action, l'évanouissement du tout.
C'est je crois cette ressemblance secrète, cachée, mais sentie confusément, qui inspire
aux spectateurs, et même aux acteurs d'un

bal, une sorte de tristesse qui n'est pas sans douceur.

———

Je possède Thaïs, disait Aristippe, mais Thaïs ne me possède pas. Ce mot prouve de reste qu'Aristippe ne connaissait pas le véritable amour, et que ses relations avec Thaïs n'étaient qu'une relation des sens. Mais dès qu'il ne s'applique qu'aux plaisirs des sens, et à tous les biens extérieurs, ce mot exprime parfaitement le rapport dans lequel nous devons être avec eux. C'est une folie de ne pas vouloir les posséder, mais ce serait un malheur, ou un crime, de se laisser posséder par eux, et de tomber dans leur dépendance.

———

Celui qui n'a pas connu les jouissances variées, vives, délicates, que la nature et la société offrent aux sens, à l'imagination, à l'esprit, n'a vécu qu'à demi et n'acquiert jamais qu'un développement partiel et imparfait. Il ne peut avoir aucune idée de la richesse de la création, et des trésors du monde. Celui qui n'a pas connu les privations et les sacrifices, et qui n'a pas été appelé à lutter avec des situations difficiles, n'a aucune idée de ses propres richesses, ni de ses propres ressources. Il n'a aussi vécu qu'à demi et n'a pu acquérir la force d'ame, le courage d'esprit, l'indépendance et l'élévation de caractère qui constituent la perfection et la grandeur de la nature humaine. La secte des épicuriens, et celle des stoïciens, n'exprimaient toutes deux la nature humaine que de profil. L'homme le plus parfait serait celui qui, ayant commencé par les rigueurs de la pauvreté et fini par les douceurs de l'opulence, ou commencé par les douceurs de l'opulence et fini par les rigueurs de la pauvreté, aurait tiré tout le parti possible des unes et des autres, et toujours conservé la même indépendance et la même force.

———

Le roman de Cervantes ne prouve pas la vanité du monde idéal, mais la folie de ceux qui prennent le monde idéal pour le monde réel, et croient trouver l'un dans l'autre. Sancho ne connaît que la réalité la plus palpable et la plus grossière, et il ne voit rien au-delà. Il est commun et trivial. Don Quichotte ne connaît que les idées de son imagination, et les projetant hors de lui, leur attribue la réalité la plus com-

plette. Il est fou. Les deux mondes ne peuvent
jamais se pénétrer ni se confondre, de manière
à ce que l'on doive se contenter du monde réel,
ou s'abandonner avec une entière confiance au
monde idéal. C'est Alphée et Aréthuse qui cou-
lent à côté l'un de l'autre sans mêler entièrement leurs eaux. Il faut vivre dans le monde
réel, et aller respirer plus librement dans le
monde idéal ; agir dans l'un et travailler pour
lui, se transporter quelquefois par la pensée
dans l'autre pour s'y nourrir de ces grandes et
éternelles idées qui relèvent la réalité et sans
lesquelles elle tomberait au-dessous d'elle-
même.

Pour suffire à tout ce que la vie demande,
des principes ne suffisent pas ; il faut encore
des maximes, et même ce tact et ce coup d'œil
qui, dans les cas individuels, fait seul distinguer la vérité de l'erreur. Sans principes, on
ne saurait pas ce qu'on doit vouloir ; sans
maximes, et sans tact, ce qu'on doit faire pour
arriver au but.

On a souvent dit que la cour est le séjour des

illusions; je croirais plutôt qu'elle en est le tombeau.

———

L'innocence est à la vertu , ce que la simplicité est au génie.

———

L'innocence est la grace de la vertu, comme la naïveté est la grace du génie.

———

Une jeune fille , belle sans le savoir , pure jusqu'à l'ignorance du mal , sensible sans passion , développée sans études , intelligente par tact et par instinct , est un être aussi parfait qu'une fleur dont la floraison est complète. Tout ce qu'elle acquerra plus tard ne contribuera plus à ses charmes ; et sera donné à l'utile. Elle deviendra plus riche, mais elle ne sera jamais plus belle. Tout ce que la fleur devient après la floraison , n'a trait qu'à la reproduction. Cela ne la regarde plus elle ; cela regarde les êtres aussi parfaits qu'elle-même, les nouvelles fleurs qui doivent naître d'elle.

———

Les femmes sont moins faites pour raisonner juste, que pour penser et pour sentir avec justesse. Elles n'arrivent pas à la vérité par la voie du raisonnement, elles s'y trouvent placées par une sorte de divination.

LES GENS DE LETTRES.

Les gens de lettres ne formaient pas chez les anciens, comme chez les modernes, une véritable classe. Dans le monde ancien les littérateurs et les savans manquaient d'un point de ralliement, et de moyens de communication ; d'ailleurs la communauté de la patrie était tout à leurs yeux, et le titre de citoyen effaçait tous les autres. Aujourd'hui l'association des gens de lettres devrait les rendre citoyens du monde des idées ; le vrai et le beau devraient être pour eux ce que la patrie était pour les anciens. L'esprit des gens de lettres devrait ressembler à l'esprit de la chevalerie ; leur association pure, libre, étroite, serait formée par la religion des principes, l'amour de l'infini, une sainte haine contre les injustices de toute espèce, et une ardeur infatigable à combattre avec courage les erreurs et les vices, les monstres et les géants du monde moral. Au lieu de cela souvent leur esprit est un esprit de corporation, de parti, d'académie, qui est au véritable esprit des gens de lettres, ce que les ordres de chevalerie sont à la chevalerie.

Quelle puissance que celle des écrivains, s'ils étaient toujours éclairés et purs ! Quel tribunal que celui de l'opinion , si l'on n'employait pas tout son art à l'égarer et à la corrompre ! Quelle serait belle cette institution qui opposant la pensée à la force, l'éclairerait et la dirigerait, ou , la trouvant sourde à ses leçons , la jugerait et la condamnerait ! Mais trop souvent la vénalité et la lâcheté , l'ignorance et les sophismes des juges d'un côté , la violence et l'adresse des justiciables de l'autre dénaturent cette institution. Les éloges vénals et la satyre vénale ont tellement décrédité cette puissance et ses organes , qu'on se défie de tous les éloges , et bientôt , malgré la malignité du cœur humain , on ne croira plus à la satyre.

Les écrivains de chaque siècle préparent le tribunal de la postérité pour leurs contemporains , et forment le tribunal de la postérité pour les générations qui les ont précédés. Nous sommes la postérité pour les siècles qui sont venus avant le nôtre. Cette idée peut tour-à-tour rassurer ou effrayer ceux de nos contemporains qui seraient dans le cas d'arriver à la postérité et de la craindre.

Il n'y a que les grands écrivains qui doivent leur réputation à eux-mêmes, et qui en donnent aux autres hommes. Sans leur gloire, il n'y en a pas d'autre possible. Sans eux les faits et les actions meurent en naissant. Delà il est résulté un grand embarras pour ceux qui voulaient que la postérité parlât d'eux, et qui en même temps craignaient la liberté de son langage.

Les historiens appartiennent à la classe des embaumeurs chez les Egyptiens; ils conservent les actions dignes de mémoire et la vie des grands personnages, comme les derniers conservaient les corps. La postérité ne voit guères que des momies. Les plus habiles d'entre les écrivains sont ceux qui, par le coloris de leur style, injectent les cadavres, mais ils leurs donnent pourtant tout au plus les apparences de la vie.

Il y a quelque chose de si poétique dans la liberté politique que tous les artistes de génie l'ont aimée secrètement, lors même qu'ils se sont reniés eux-mêmes pour célébrer ses ennemis naturels. La liberté est une idée, et sous ce rapport elle doit plaire à l'art; la liberté est un principe de vie; à elle tient le jeu de l'imagination, et ses combinaisons innombrables; à

elle tient encore l'énergie de la volonté; et
toute la variété des actions qu'elle enfante.

Les arts d'imagination supposent de la sensibilité dans ceux qu'ils inspirent; cette même
sensibilité qui tient quelquefois à la sensibilité
des organes, donne le besoin de mille jouissances qui amollissent et énervent l'ame, et
que les rois satisfont peut-être mieux que les
peuples libres. C'est ce qui explique la faiblesse que les artistes et les poètes ont montrée
dans différentes périodes de l'histoire du monde.

Une absence totale de chaleur et d'enthousiasme dans les éloges que les gens de lettres se
donnent les uns aux autres, prouve toujours
ou de petites et basses passions, ou un esprit
étroit, ou une ame peu sensible.

L'activité console les gens de lettres du défaut
d'espérance. Quand chaque heure pleine de
choses agréables ou utiles, paie son tribut à
l'homme, il est assez riche pour ne pas tirer
des lettres de change sur l'avenir.

L'étude des sciences exactes et l'étude de la
nature absorbent tellement l'esprit, et demandent un abandon si total de la part de ceux qui
s'y livrent, qu'ils deviennent presque toujours
indifférens au sort des sociétés humaines. La
crainte qu'avait Archimède de voir ses cercles

dérangés est commune à tous les savans ; le besoin qu'ils ont de tranquillité leur fait redouter
les agitations qui précèdent et qui accompagnent toujours le règne de la liberté. L'immensité de la nature dans laquelle l'homme et les
plus vastes états semblent n'occuper qu'un point,
rabaisse et rapetisse à leurs yeux tous les autres
objets. Du moment où cette mesure sert de
terme de comparaison, tout perd de son importance et de sa grandeur. La régularité et l'ordre
invariable de la nature contrastent si fort avec
les vicissitudes des sociétés humaines, que ces
dernières ne paraissent offrir au premier coup-
d'œil d'autre spectacle que celui du désordre le
plus révoltant. Les savans font honneur à la
nature humaine, mais dans la règle ils se sou-
cient peu des hommes et ne s'en occupent
guères.

L'orgueil du savoir est l'effet des applaudis-
semens de la médiocrité ; elle est intéressée à
exagérer le mérite de tout ce qui la dépasse,
afin d'en conserver encore à ses propres yeux,
et aux yeux des autres ; elle force en quelque
sorte le savant à se comparer non avec la science,
mais avec ceux qui sont à côté ou au-dessous de
lui, et alors il est perdu.

Le poète a dans la règle plus de vanité, le

savant plus d'orgueil. Le premier ne peut juger de son mérite que par l'effet qu'il produit ; il a besoin de consulter le goût des autres ; le second n'a besoin d'apprécier ses idées et ses découvertes que d'après les règles de la certitude et les lois de la logique. Le premier dépend plus de l'opinion , et sa gloire ressemble à une monnaie de convention ; le second paraît posséder quelque chose de moins variable et de plus solide, et sa gloire a un prix plus fixe.

Les philosophes connaissent ordinairement beaucoup mieux l'homme que les hommes.

L'habitude des idées générales rend l'esprit moins propre aux observations particulières ; les individus, et bien plus encore les traits individuels, échappent facilement à celui qui voit toujours les espèces et qui embrasse un vaste horizon.

Les sciences exactes faussent souvent l'esprit pour tout ce qui ne peut pas être soumis au calcul, et ce qui n'est pas l'objet d'une démonstration rigoureuse : l'évidence morale est nulle pour celui qui est accoutumé à l'évidence mathématique ; son œil ne voit que des objets déterminés, et il perd ce tact précieux qui fait saisir, deviner et apprécier les indéterminées.

L'homme de génie qui s'est beaucoup occupé des théories, échoue très souvent dans la conduite des affaires, parce qu'il ne saurait imaginer à quel point la plupart des esprits sont faux ou étroits, aveuglés par de petites passions, ou préoccupés de petits intérêts. Il ne connaît jamais suffisamment l'empire des mauvaises raisons sur les bonnes, des demi-idées sur les idées complètes, des considérations personnelles sur les considérations générales, des misères sur la réalité. Il n'a pas même l'œil assez microscopique pour découvrir ces objets; il avait aperçu et calculé les grandes résistances, mais les grains de sable, les pailles légères qui à chaque instant se glissent entre les roues de la machine, il aura de la peine à les apercevoir.

De ce que les gens de lettres ont plus d'idées générales ou de faits dans la tête que les autres hommes, il ne s'ensuit pas qu'il faille leur confier la direction des affaires publiques. Les idées générales égarent en politique bien plutôt qu'elles ne dirigent; elles empêchent l'observation. Quant aux faits, les faits anciens ne ressemblent jamais et sous tous les rapports aux faits nouveaux qu'ils doivent servir à prévoir, à corriger ou à féconder les évènemens. A la

vérité les hommes intruits et ceux qui font mé-
tier de penser ont perfectionné l'instrument
même de la raison ; ils combinent, ils compa-
rent, ils saisissent les différences et les ressemblances des objets avec plus de facilité que
d'autres, mais d'un autre côté l'habitude d'une
marche scientifique ôte peut-être à l'esprit cette
sagacité qui opère avec promptitude dans
chaque moment donné, et qui fait saisir la vérité par une sorte d'instinct.

On ne prend presque jamais dans les exemples de l'histoire, que ce qu'il y a d'analogue
à notre caractère individuel, et l'on rejette
tout ce qui y est contraire. Ainsi l'histoire for-
tifie nos vices et nos défauts, et nous donne rarement de nouvelles vertus.

Il y a des affinités morales ; ce qui est homo-
gène s'attire, ce qui est hétérogène se repousse.
Ce que nous sommes, décide des objets sur lesquels notre admiration se porte, et l'admiration
est la première source ou le principe de l'imi-
tation.

Les leçons indirectes de l'histoire sont presque toujours perdues pour la postérité. Les
gens de lettres exagèrent leur utilité et leur
importance. Les gens d'affaires les négligent
trop. Les premiers connaissant mieux le passé

que le présent, n'aperçoivent que les ressemblances des évènemens que les siècles séparent;
les seconds, instruits à fonds des détails du présent, et très superficiellement de ceux du passé,
sont plus frappés des différences que des ressemblances.

La gravité de l'histoire tient beaucoup plus
au caractère de l'historien, qu'elle ne dépend
de la nature des évènemens. Il n'y a point
d'évènement, de révolution, de héros, qui ne
porte avec lui sa parodie, ou qui ne la porterait
si l'on en connaissait tous les détails. Chaque
évènement, chaque homme, chaque action a
deux faces, l'une sérieuse, l'autre badine et
même bouffonne, le masque de Thalie et celui
de Melpomène.

Il en est des biographies des individus comme
de l'histoire des peuples. Les individus ne s'ob-
servent pas eux-mêmes et sont peu observés
par les autres dans le premier âge. L'enfance
des nations passe et s'écoule sans qu'elles en
conservent les évènemens dans leurs souvenirs. Ainsi dans les biographies, comme dans
les histoires, les commencemens sont ignorés,
les origines obscures, et l'on voit des effets sans
causes.

D'un côté le travail de l'historien doit avoir

toute la hardiesse, tout le feu, toute la vie d'un
travail libre; de l'autre, le travail de l'historien doit porter l'empreinte de la timidité, de
la lenteur, de la circonspection, qui seules
peuvent garantir la vérité des faits. D'un côté
le tableau de l'historien doit avoir le mérite de
la fraîcheur, de la vie, de l'unité; de l'autre il
doit ressembler à un tableau de mosaïque qu'on
reproduirait après qu'il aurait été détruit, en
employant les mêmes pastes de verre, dont
une partie aurait été perdue et dont l'autre aurait souffert.

Il me semble que l'homme de lettres doit
être, plus facilement qu'un autre, un homme
de bien, un citoyen désintéressé et généreux.
Le premier caractère d'un homme de lettres
doit être d'aimer la science pour elle-même et
en elle-même; non comme moyen, mais comme
but, indépendamment de toute autre considération; or c'est ainsi qu'il faut aimer la vertu;
familiarisé avec l'amour pur, l'homme de lettres ne fera que changer d'objet.

On ne saurait rendre aux lettres de plus
grand service, que de mettre les savans au-
dessus du besoin : on leur rend un très mauvais
service, quand on leur fait connaître le luxe.

La vie sédentaire et retirée convient aux

II. 21

gens de lettres. La perte du temps, quelque réelle et grave qu'elle soit, est le moindre des inconvéniens qui résultent pour eux d'une vie dissipée et mondaine. Leurs pensées y deviennent moins profondes, leurs sentimens moins énergiques, leurs caractères moins prononcés et moins purs. Ils composent avec les passions, les vices, les maximes, la puérilité du monde, et ils prennent peu-à-peu sa livrée au lieu de lui donner leur couleur. La vanité des grands et des riches appelle et invite la vanité des gens de lettres à venir charmer leur ennui, et il en résulte trop souvent un échange habituel de complaisances, de flatteries, de prétentions, de petites intrigues, de frivolités; les gens du monde y gagnent du vernis et une réputation éphémère, mais les gens de lettres y perdent peu-à-peu cette élévation d'ame qui seule appelle et féconde les grandes pensées.

Quand on vit beaucoup dans le monde, il faut avoir beaucoup de caractère et de force pour ne pas croire à la fin que toutes les questions sont peu importantes ou insolubles, et toutes les actions plus ou moins indifférentes.

Les grands qui tirent les gens de lettres de leur solitude pour les caresser, soit par désœu-

vrement, soit par calcul, soit par goût, leur
font plus de mal que leurs ennemis, et servent la cause de la tyrannie, de l'erreur et du
vice; car ils énervent les guerriers qui doivent
combattre ces fléaux de l'espèce humaine.

Il y a de grands seigneurs qui aiment les
gens de lettres, parce qu'ils s'amusent de leurs
disputes : ils vont les voir ou ils les attirent
chez eux, comme le peuple de Rome allait voir
les gladiateurs, et comme les Anglais assistent
en foule au combat des coqs.

En plaisant à leurs contemporains, les écrivains ne sont pas sûrs de plaire à la postérité ;
mais ils auraient tort d'en conclure qu'ils peuvent en appeler avec confiance à la postérité,
quand ils déplaisent à leurs contemporains.

Quelquefois, mieux on apprend à connaître
ses contemporains, et plus on devient indifférent aux jugemens de la postérité; la génération actuelle était la postérité pour ceux qui
travaillaient il y a quelques siècles ; il y a dans
cette simple réflexion de quoi dégriser un peu
les amans de la gloire.

Comment serait-on tenté de travailler pour
l'avenir, dans un siècle où l'on ne se souvient
presque plus du passé ?

Dans le monde littéraire, comme dans le

monde physique, il se fait une production et
une destruction continuelles. Ce que l'année
produit est consommé dans l'année et ne va
guère au-delà. Il faut qu'il se fasse tous les
ans un certain nombre d'ouvrages médiocres
en littérature, comme il se fabrique tous les
ans un certain nombre d'objets de consomma-
tion pour satisfaire les besoins du moment.

Comme on ne lit presque plus que pour parler de ce qu'on a lu, il est tout simple qu'on
lise ce qu'il y a de plus nouveau, car on ne serait plus écouté ni même compris, si l'on parlait d'auteurs qui ont cinquante ans.

Tout le monde frappe monnaie aujourd'hui,
avec l'or et l'argent qui sont en circulation;
presque personne ne descend dans la mine pour
en tirer de nouveaux matériaux. L'excès du
mal en amènera le remède, car les idées, les
images et les sentimens s'usent, comme les mé-
taux, par l'usage et le frottement, et éprouvent une déperdition continuelle par la re-
fonte.

Toute homme de lettres et tout savant annonce qu'il fait profession, d'éclairer ou d'a-
muser ses contemporains; or dans ce siècle
jaloux de tout ce qui s'élève à raison de ce qu'il
est vaniteux, ce désir paraît être une préten-

tion punissable, et l'on fait justice de ce crime de lèze-vanité générale.

Il ne faudrait plus parler de l'autorité du génie et de son empire : cette aristocratie, la seule qui soit toujours belle et salutaire, a souffert comme toutes les autres. Il n'y a presque plus de distinctions de rangs dans le monde des esprits. La conviction de l'égalité des esprits a précédé celle de l'égalité des droits, et la première a survécu à l'autre.

On a vu des hommes de génie dans les arts, dans la poésie et dans la philosophie, mélancoliques et tristes. Une profonde sensibilité, ou l'habitude de méditations profondes, produisent également cette espèce de tristesse, parce qu'elles placent l'homme sur les bords de l'infini. Le Tasse avait cette espèce de mélancolie, qui paraît inséparable d'une sensibilité profonde ; Pascal, cette tristesse que laisse dans l'ame l'habitude des profondes méditations. Au contraire, les hommes de génie dans la vie active, et surtout les grands capitaines, ont eu presque tous une sorte de gaîté d'esprit et de caractère, qui ne les a pas abandonnés dans les circonstances même les plus critiques. Cette gaîté n'était pas une gaîté de tempérament, mais elle était tout à-la-fois l'effet et le principe

de leur génie. Leur volonté forte, hardie, élas-
tique ; leur esprit vaste, facile, fécond en combinaisons heureuses ; leur ame, grande et élevée, leur donnaient la conscience de leur force
et de leur activité. Cette activité, à la fois
physique, intellectuelle, morale, entretenait
toutes leurs facultés dans une harmonie parfaite. Sûrs d'eux-mêmes, ils produisaient des
actions brillantes sans effort et avec succès ;
sûrs de la gloire, parce que dans ce genre elle
est éclatante et prompte ; sûrs des évènemens,
car ils se sentaient capables de les amener et de
les diriger, ou de les supporter, ils conservaient toujours de la gaîté en hommes qui
étaient préparés à tout, et que rien ne pouvait
étonner ni intimider. César, Henri IV, Gus-
tave-Adolphe, Frédéric II, avaient cette gaîté
qui est le sceau de la véritable grandeur.

Il y a aujourd'hui tant de vanité dans le
monde, qu'on y trouve peu d'amour pour la
gloire. Il y a tant de petits auteurs, de petits
juges, de petits succès, qu'il n'y a plus de place
pour ce qui est véritablement grand.

Les écrivains cherchent aujourd'hui bien
plus l'effet que la vérité et la beauté. L'une

consiste dans la mesure, l'autre dans les proportions, ni l'une ni l'autre dans les extrêmes.
Mais l'exagération produit plus d'effet que la
force, l'excentricité que l'énergie, le délire des
images et des idées que l'harmonie des unes
et des autres avec les choses et avec les mots.
Les écrivains le savent, et servent le public
comme il veut être servi.

Autrefois les bons auteurs échauffaient l'i-
magination et la sensibilité de leurs lecteurs
par le feu de leur ame, comme un vin généreux répand dans le sang une douce chaleur.
Aujourd'hui on enivre les lecteurs de liqueurs
fortes. Mais l'ivresse n'a qu'un temps, et ce
temps est court. Ce temps une fois passé, on a
honte de soi-même, et de son état, et l'on est
dégoûté de ceux qui vous ont séduits.

———

Le commerce des femmes Allemandes est
plus dangereux pour les hommes sensibles que
celui des femmes Françaises. Les unes sont
plus intéressantes, les autres plus aimables,
celles-ci captivent l'esprit, celle-là vous attirent par le sentiment; et le cœur se trouve en-
gagé avant qu'on y pense.

———

L'homme de génie dit souvent, sur des sujets communs et rebattus, des choses qui paraissent extraordinaires, et des choses qui paraissent toutes simples sur des sujets difficiles et relevés.

———

Les ouvrages d'un homme valent quelque-fois mieux que lui ; quelquefois aussi un homme vaut mieux que ses ouvrages.

Les ouvrages ne présentent qu'un côté de l'auteur. La perfection de l'homme suppose toujours une certaine harmonie de toutes les forces et de toutes les facultés.

Un ouvrage n'est le plus souvent aujourd'hui qu'une espèce d'affiche par laquelle on annonce son talent, sa marchandise, et surtout le désir de bien placer l'un et l'autre.

LES HOMMES.

L'instinct du besoin commence le développement de l'espèce humaine ; le désir de multiplier ses jouissances le fait avancer ; l'habitude de l'activité et l'énergie même des facultés suffisent ensuite pour entretenir le mouvement et pour le conduire aussi loin qu'il peut aller. les hommes parvenus à ce degré de civilisation, péuvent marcher seuls, et ne demandent à leur propre gouvernement que protection et sûreté, et à la société générale des états que l'absence de toute injustice, c'est-à-dire la paix.

On est quelquefois étonné de la rapidité avec laquelle certaines opinions naissent et se répandent, ou certaines révolutions arrivent ; c'est que l'opinion était formée avant qu'elle se prononçât ; et que la révolution était déja faite dans les esprits ; tout le monde attendait le signal, personne n'avait le courage de le donner, le hasard, l'audace, ou les circonstances font émettre le mot magique, et tout est consommé.

Dans la saison du travail de la nature, la terre et l'atmosphère sont imprégnées de toutes les particules nécessaires au développement des plantes ; tout est prêt pour la végétation ; la fermentation est invisible, mais prodigieuse. Qu'est-ce que la nature attend pour produire ? le noyau ou la semence, déposée dans le sein de la terre ; elle servira de point de ralliement à tous les élémens de végétation disséminés qui ont eu avec elle des affinités secrètes et actives. Ainsi dans les grandes révolutions morales, politiques, religieuses, où tout est préparé pour enfanter de nouvelles créations, il faut un homme ou un premier mouvement, qui serve de point central et de noyau à ces principes épars.

La plupart des hommes ne sont retenus dans une certaine honnêteté, que par l'opinion et l'habitude ; delà vient l'effrayante progression des crimes et des bassesses chez les nations civilisées, quand les premiers exemples ont été donnés, alors toutes les barrières sont rompues, et les esprits se précipitent dans la vileté.

En voyant à quels imbécilles et à quels monstres les Romains ont décerné l'apothéose, on serait tenté de croire qu'ils regardaient l'O-lympe comme une espèce de lieu d'exil, de

Pandataria de la terre, et que, par un reste de respect pour la dignité de la nature humaine, il les excluaient du nombre des hommes.

Pour estimer les hommes, il ne faut pas penser à ce qu'ils sont, mais à ce qu'ils peuvent devenir, ils sont grands en puissance.

Voulez-vous juger les républiques représentatives? il faut voir le peuple dans ses représentans; quand ils ont été choisis selon des formes raisonnables et sur la base de la propriété, cette première condition du développement, alors on pourra lui accorder des lumières et des vertus, et l'on concevra qu'il puisse exercer une influence politique. Voulez-vous attribuer quelque dignité à la nature humaine? voyez l'espèce humaine dans ses représentans, les hommes de génie et les hommes de bien.

Dans ce siècle d'égoïsme, on accuse facilement d'ambition ceux qui sortent du cercle étroit de leurs intérêts personnels pour s'occuper de l'intérêt général. On appelle des beaux noms de simplicité, de calme, de désintéressement, l'indifférence, la paresse, l'excès de l'amour de soi, qui rendent tant d'hommes étrangers au mouvement de la société.

Les hommes ne sont jamais plus empressés à chercher le mérite supérieur; plus pénétrans à le découvrir, plus prodigues de louanges envers lui, que lorsqu'il s'agit de trouver un rival à un homme dont la gloire les offusque ; ils donnent ainsi à leur injustice un faux air de justice, à leurs petites passions un coloris de désintéressement. Que d'esprit on a quelquefois employé à faire une réputation à la médiocrité pour obscurcir celle du génie !

Tous les suffrages ne comptent pas dans l'opinion, quand il s'agit de former une réputation ; ils comptent tous, quand il est question de détruire une réputation établie. Tel ne vous fera aucun bien par ses éloges, qui pourra vous faire le plus grand mal par son blâme, fût-il léger ou mal fondé.

Rien ne prouve mieux comment l'habitude d'une certaine politique fausse l'esprit et corrompt la justice naturelle de toute une nation, que de voir le silence que gardent les historiens latins les plus purs et les plus énergiques sur l'injustice des guerres de Rome. Dans Tacite lui-même on ne trouve rien qui annonce ou trahisse à cet égard des sentimens humains. Croyait-il donc en effet que le monde appartînt de droit aux Romains, et que tous les peuples qui voulaient conserver ou recouvrer la liberté, fussent des rebelles ?

Pour punir en même temps les grands et leurs flatteurs, il faudrait que, par une baguette magique, les courtisans énonçassent une fois tout haut dans une fête de cour leur véritable façon de penser et leurs sentimens secrets.

Dans un petit état, la petitesse des rapports, des moyens, des intérêts, rétrécit et rapetisse les esprits. Ce que l'existence d'un état pareil a de précaire et de dépendant, donne des habitudes timides et même serviles aux ames. Dans un grand état qui porte en lui-même la garantie de son indépendance, tout est calculé sur une plus grande échelle ; la pensée prend quelque chose de plus hardi, et le caractère de plus élevé, mais les extrêmes se touchent ; un état immense, tel que l'empire romain, produit sur l'ame des sujets les mêmes effets qu'un petit état et des effets plus tristes encore car le despotisme en est inséparable ; les individus oubliés par l'état, l'oublient à leur tour : découragés par le sentiment de leur faiblesse, par l'inutilité de leurs efforts, par la grandeur même du cadre où ils n'occupent qu'un point, ils se reposent dans l'égoïsme.

Quand le sort se prépare à frapper quelque grand coup, les pressentimens sont dans le monde moral, chez les hommes doués d'une imagination vive, ce que sont dans le monde physique ces inquiétudes secrètes, et ces frémissemens nerveux qu'éprouvent, à l'approche de l'orage, les personnes douées d'une organisation délicate. Souvent le ciel est encore serein, et les hommes apathiques ou bornés ne pressentent encore rien, que déja ceux qui ont de l'imagination et de la sensibilité saisissent des indications légères, signes avant-coureurs des calamités.

Quand la prudence devient une vertu, les vertus les plus sublimes ne sont plus que des imprudences condamnables.

Dans un siècle où chacun ne songe qu'à se mettre en sûreté, les hommes à principes sont des entêtés, et les hommes à grands sentimens des fous dangereux.

Les lois de l'étiquette sont les garde-fous de la société.

L'ironie suppose de la froideur et de l'indifférence, ou du moins elle a toujours un air d'indifférence et de froideur, et c'est ce qui lui donne un air de supériorité. Quand on ne s'intéresse ni aux choses dont on parle, ni aux personnes à qui on s'adresse, on traite tout avec une grande liberté d'esprit, et l'on paraît facilement élevé au-dessus de tout.

Il y a des hommes d'esprit qui s'amusent dans la société en faisant des expériences sur les corps vivans ou plutôt sur les ames. Ainsi ils lâcheront une flatterie à un homme, où par toutes sortes d'artifice ils feront sortir ses ridicules de leur obscurité et les mettront en saillie, comme on enfle un corps ou comme on injecte un organe, afin de l'observer et de le connaître mieux.

L'idée la plus ingénieuse, la saillie la plus heureuse tombent dans l'esprit d'un homme ignorant et borné sans y laisser de traces, comme dans le vide de la pompe pneumatique tombent, avec une égale rapidité, les corps les plus légers et les corps les plus pesans. Dans les têtes pensantes seules, les idées rencontrent de la résistance, c'est-à-dire de la réaction.

Chez les esprits grossiers, l'admiration ressemble quelquefois à la crainte, dans ses traits et dans son langage ; chez les ames communes, la crainte prend aisément un faux air d'admiration.

Les hommes sensibles, et surtout les poètes, sont les véritables harpes d'Eole ; un mot, un geste, un regard, un mouvement les fait frémir et enfante quelquefois les ac-

cords les plus mélodieux et les plus ravis-
sans.

Le monde est aujourd'hui une grande serre
où l'on veut hâter et forcer la nature, et où l'on
ne recueille que des primeurs sans goût et sans
force. L'éducation entasse sur le premier âge
toutes les jouissances, toutes les idées, toutes
les connaissances, toutes les lectures, ainsi l'on
gâte la jeunesse, et l'on déshérite, on dépouille
les saisons suivantes. On jouit mal, on saisit
et on comprend tout mal, quand on hasarde
d'intervertir le cours de la nature ; dégoûté de
tous ces objets, parce qu'on les a goûtés trop
tôt, on n'y revient pas dans un âge plus avancé,
et on les a perdus pour toujours.

A voir comment les hommes vivent vite,
on croirait que la vie est devenue plus courte,
ou que les richesses et les ressources de la vie
ont considérablement augmenté.

La gaîté de l'esprit suppose une certaine liberté et une certaine indépendance d'esprit qui
peuvent facilement mener à se moquer de tout
et de soi-même, et cet état est bien voisin d'une
démoralisation complète. Tel fut l'état de la
France à l'époque de la régence. Ce n'est pas
le goût effréné de plaisirs, ni la passion de la
débauche qui le caractérisent, mais cette dé-

bauche d'esprit pour qui il n'y avait rien de sérieux, d'important, de sacré.

Les hommages de l'admiration et du respect
fatiguent et ennuient quelquefois les hommes ,
lors même qu'ils flattent leur amour-propre ; ils
seraient fâchés qu'on cessât de les leur rendre,
et cependant ils sont las de les recevoir. Serait-
ce parce qu'il est très difficile de bien préparer
la louange, ou de la recevoir avec ce mélange
de modestie, de simplicité, qui en fait paraître
plus digne? ou serait-ce tout bonnement, parce
qu'on se lasse de tout ?

Le flatteur le plus délicat est celui qui semble
mettre de la mesure dans la louange ; on dirait
qu'il juge. Le flatteur le plus dangereux est celui qui, tout en exagérant, paraît mettre de
l'abandon dans la louange ; on dirait qu'il est
sincère, et que le sentiment le maîtrise et l'entraîne.

En Angleterre, et dans quelques autres pays,
on permet à ceux qui sont condamnés à mort,
de parler au peuple et de lui dire ce qu'ils veulent. Les vieillards devront jouir de la même
liberté, et l'exercer avec autant de courage que
de sagesse.

On arrive ordinairement à la vieillesse, hé-
rissé de toutes les précautions qu'on a prises, et

II. 22

de toutes celles qu'on s'est repenti de n'avoir
pas prises, et delà l'extrême timidité des vieillards. A cet âge on ne parle pas avec liberté,
par la même raison qui fait qu'on ne danse et
ne saute plus.

Pour voir l'espèce humaine dans toute sa
turpitude, il faut voir l'antichambre d'un ministre disgracié, la veille de sa disgrace et le
lendemain.

La vie et les actions de la plupart des hommes demandent à être vus en perspective. La
mort produit une espèce de lointain artificiel,
et projette la vie d'un homme à distance. Delà
vient qu'on rend justice aux hommes dès qu'ils
ne sont plus.

La mort paraît à la plupart des hommes un si
grand malheur, qu'elle dispose toujours leur
cœur à la compassion pour celui qui vient de
mourir. C'est ce qui explique les éloges que l'on
donne aux morts.

En voyant comment les petits encensent les
grands, on serait tenté de croire que l'homme
a besoin d'admirer : en voyant comment on
dispute et l'on refuse l'éloge à ses égaux et à
ses inférieurs, on croirait presque que l'homme
se défend de l'admiration comme d'un sentiment pénible.

Toutes les flatteries ont été dites dans le monde, c'est une mine que les Romains ont épuisée sous les empereurs. On ne peut même plus marquer par l'exagération. Pour paraître neuf, il n'y a plus d'autre parti à prendre que de se jeter dans la mesure et la vérité.

Il y a une certaine fraîcheur de réputation qui nuit souvent aux réputations mûries et éprouvées par le temps. Indépendamment de tout retour sur soi-même, et de tout calcul d'amour-propre, on tient souvent plus à ceux qui donnent de grandes espérances qu'à ceux qui rappellent de grands souvenirs. L'espérance a quelque chose de plus indéfini.

Que de gens supportent et font des choses qui sont contraires à leur honneur, et vous disent avec une bonhomie apparente, qu'ils ne se prêtent à tout cela que par amour du bien public, et pour empêcher les plus grands maux! On doit tout sacrifier à la chose publique, excepté sa personne morale; on doit immoler sa vie pour sauver l'estime de soi-même, mais de là même, il résulte qu'on ne doit jamais immoler l'estime de soi-même, et que sa conscience et son honneur, sont les seules victimes qu'il ne faille jamais sacrifier sur les autels de la patrie.

En quoi consiste l'intrigue? à employer des

moyens détournés, que suggèrent la finesse, la ruse, l'astuce, ou des moyens ignobles et immoraux pour se procurer des avantages personnels. Est-on un intrigant quand on cherche le bien général, et que, ne pouvant pas y arriver par la ligne droite, on prend une ligne détournée ? Est-on intrigant, quand, pour un but utile et dans des vues désintéressées, on donne le change aux passions au lieu de les heurter de front, et qu'on les gagne d'adresse pour les enchaîner d'autant mieux à de belles et nobles fins?

La crainte agit sur les hommes beaucoup plus que l'espérance. Il semble que le bien ne puisse jamais autant être le bien que le mal est le mal, et que la crainte ait encore quelque chose de plus indéfini que l'espérance.

On dirait quelquefois que tous les hommes sont convenus entre eux tacitement, qu'au delà d'un certain degré on puisse sacrifier tout à la crainte et à l'espérance, fût-ce même les devoirs les plus sacrés, et que ce principe est d'une telle évidence, qu'on n'a pas besoin de délibérer sur certaines lâchetés, ni d'en rougir, ni même de les excuser.

Une certaine audace de caractère ouvre l'ame à l'espérance, et l'espérance augmente ensuite l'audace. La crainte naît d'une certaine lâcheté de caractère , et la crainte conduit ensuite tout naturellement à la lâcheté.

Il n'a manqué à un grand nombre d'hommes, pour être vils , qu'une bonne occasion. Si on ne les regarde pas comme une marchandise , c'est parce qu'il ne s'est pas présenté d'acheteur qui en ait offert suffisamment. Selon eux être vil , c'est se vendre à vil prix.

On peut opposer à tous les principes politiques des exceptions ; mais il ne faut pas, pour éviter cet inconvénient , vouloir fonder des principes politiques sur des exceptions. C'est sur la marche ordinaire de la société que les lois doivent être calculées , et non sur des prodiges.

Substituer dans les élections le sort aux suffrages, c'est substituer l'aveuglement de l'ignorance à l'aveuglement de la partialité.

Voulez-vous juger une institution politique ? Observez les moyens dont on se sert pour la conserver. La nature des moyens vous éclairera sur celle du but. Pour juger l'esclavage des nègres , il suffit de lire les règlemens qu'on a faits en leur faveur.

Les affections profondes et les longues douleurs morales prouvent quelquefois une grande force d'ame ; mais quelquefois aussi elles annoncent un défaut d'activité morale, ou elles tiennent de l'uniformité d'une vie dénuée d'évènemens.

Quand on est sensible, on aime les longues douleurs, et les longs regrets, parce qu'ils offrent une image de l'infini du sentiment, et qu'ils semblent prouver que le temps n'a point de pouvoir sur l'ame.

L'amour rend les sacrifices plus doux et les embellit, mais l'amour seul ne les dicte pas toujours. C'est un sentiment tendre qui amollit le cœur, et lui ôte souvent la force nécessaire pour les sacrifices pénibles.

La plupart des hommes savent trop peu aimer, pour qu'on puisse se flatter de les conduire uniquement par l'amour.

L'homme n'a de prix qu'autant qu'il est une unité morale et non pas simplement une unité physique; en tant qu'il est une personne différente de toutes les autres, et non simplement un exemplaire de l'espèce humaine.

L'homme ne devient une unité morale, qu'en acquérant un mot distinct et réfléchi. Le moi ne consiste que dans la puissance de la pensée et dans le sentiment réfléchi de la liberté. Quiconque ne s'est pas détaché, par un acte de sa volonté, des objets extérieurs, de ses organes, de la nature, de lui-même, ne saurait avoir ce moi de la personne qui consiste dans l'indépendance de la volonté. Jusque là il est perdu dans l'océan des existences ; il appartient à la nature ; il en fait partie ; il est une vague de cette mer immense ; il faut qu'il se sépare lui-même de cette masse, et qu'il s'établisse avec toute la dignité d'une intelligence dans une partie de l'univers, comme quelque chose de distinct de tout le reste, pour acquérir les honneurs d'un véritable moi.

A l'époque où par la liberté on arrive à la véritable pensée et par la pensée à un véritable moi, on mérite seulement de porter un nom ; car le nom n'est autre chose que le signe par lequel on sépare sa fortune et son existence de celles de l'univers, et la ligne de démarcation entre la liberté et la nécessité.

Alors seulement les pensées et les résolutions, les actions et les désirs d'un homme sont à lui ; jusque-là il était un aggrégat fortuit d'élémens, une espèce de cristallisation sans couleur et sans caractère moral, dont on avait dit tout ce qu'il y avait à en dire en disant à quel genre elle appartenait, et quelle était sa différence spécifique.

Tant d'hommes ressemblent à des choses,

que c'est une véritable présomption de leur part de porter un nom propre : un zéro ne doit pas prétendre aux honneurs d'un chiffre. Aussi beaucoup d'hommes se rangent - ils modestement sous le nom d'un autre, et choisissent un chiffre qui leur donne quelque valeur.

Quiconque à une pensée et une volonté à lui, voudrait, pour l'honneur de la nature humaine, que tous les hommes lui ressemblassent, et qu'ils fussent tous jaloux de faire dans ce sens leur fortune et leur maison.

Multiplier les unités morales, ou les pensées et les volontés distinctes les unes des autres, indépendantes, caractéristiques, c'est le vœu de tout homme jaloux de la gloire de l'humanité ; il hait l'uniformité, il veut des formes variées et originales. Dans les états anciens, par l'effet heureux de la constitution politique, il y avait autant d'unités morales que de citoyens. Dans le monde moderne le grand nombre d'états divers ont formé autant d'unités morales ; c'était un grand bien pour la dignité et le développement de l'espèce humaine.

———

Les Allemands ont plus de raison que d'es-

prit; les Français plus d'esprit que de raison.
De là vient que souvent les premiers paraissent plus estimables, et les autres plus habiles.

———

Les hommes qui ont des affinités pour l'esprit, en ont rarement pour le caractère. Ils s'attirent par les idées, et se repoussent par les affections et les intérêts.

———

Les vieillards entendent mal leurs intérêts, quand ils ne se retirent pas à temps de la mêlée des affaires. L'action ne leur convient pas. Elle rapproche trop leur faiblesse et leurs infirmités des spectateurs, et elle les fait soupçonner de ne pas savoir se juger eux-mêmes. La retraite leur est singulièrement favorable; ils y emportent et y conservent leur réputation tout entière. On leur tient compte de ce qu'ils ont fait, et de ce qu'ils ne font pas. Quand on ne peut plus frapper les sens par la beauté des formes, la fleur des talens, la force et la grace des mouvemens, il faut quitter le devant du tableau, et parler encore à l'imagination en se plaçant dans le lointain de la perspective.

———

Un Anglais porte ordinairement l'empreinte nationale au plus haut degré. C'est une partie vivante d'un corps organisé qu'on ne peut comprendre sans l'idée du tout, et qui ne peut avoir de vie qu'en lui et pour lui. D'un autre côté cette partie intégrante paraît être elle-même un tout distinct, un corps organisé. Il y a peu de pays, où il y ait à la fois plus de nationalité, et plus d'empreintes individuelles plus marquées et plus originales.

Je ne sais si les Anglais sont supérieurs aux individus des autres nations; mais ce qu'il y a de sûr, c'est qu'ils sont autres.

Il y a des gens qui se croient fins et qui ne sont que faux.

Il ne serait pas inutile de rappeler à certaines personnes qui placent la finesse dans la ruse, et la ruse dans l'habitude de prendre toujours la ligne courbe et de tourner les personnes comme les choses, que la ligne droite est toujours la plus courte possible entre deux points.

Un des caractères inséparables d'un véritable ami, est de comprendre les pensées de celui qu'il aime, comme si c'était des paroles, et de garder le secret des paroles, comme si c'était des pensées.

———

Quand on rencontre un homme qui est homme dans toute la force et l'étendue du terme, on est toujours tenté de le placer au-dessus de l'humanité. Ce qui prouve bien que la plupart des hommes restent au-dessous de leur propre nature.

———

Beaucoup d'hommes ne se doutent pas que la poésie soit autre chose que l'art de faire des vers, la liberté, que la liberté ou l'aisance des manières, la politique, que la police ou l'art de placer des gardes-fous solides, la tolérance, que la politesse envers les opinions, la science, que le don de parler de tout avec clarté, et l'art, celui de parler de tout avec grace.

———

Les hommes d'un caractère prononcé, et d'un génie original, sont les voyelles de l'alphabet de l'espèce humaine. Ils ont un ton et une valeur indépendante de la place qu'ils oc-

cupent , et des caractères à qui ils sont asso-
ciés. La plupart des hommes ne sont que des
consonnes.

———

La bêtise est nulle, le sait , et ne prétend à
rien. La sottise est peu de chose, l'ignore , et
prétend à tout.

———

Le Français est vain de son mérite personnel , de la finesse , et de la vivacité de son esprit. L'Allemand est orgueilleux du mérite de
sa nation , dont il étaie son propre mérite , ou
le confond avec le sien. L'Anglais est fier de
ce qu'il appartient à sa nation , et de ce qu'il ne
se sent pas indigne de lui appartenir.

———

Quand le Français s'habille pour aller dans
le monde , il revêt en même temps l'homme
de société, et dépouille le savant, ou l'homme
d'affaires. Quand l'Allemand va en société, il
s'y transporte tout entier, avec ses pensées , et
ses méditations habituelles. De là vient qu'il y
paraît absent à raison de ce qu'il y est absorbé,

qu'il y entretient les autres à satiété de sa science, de ce qui l'occupe, et l'intéresse exclusivement.

Si le Français est plus sociable, l'Allemand est plus social. La sociabilité ne demande que des agrémens, la socialité suppose des vertus.

Les Allemands saisissent moins le ridicule que les Français, et par là même ils le craignent moins. Car le même tour d'esprit qui fait qu'on ne trouve pas facilement les autres ridicules, fait qu'on montre ses propres ridicules, avec une bonhomie vraiment comique.

———

Heureusement pour l'envie que le mérite supérieur manque souvent de modestie. Si la vraie modestie était toujours jointe au vrai mérite, les envieux seraient trop à plaindre.

C'est la vanité et l'amour-propre des autres hommes qui rendent la modestie difficile, ou équivoque, et lui donne facilement un air de fausseté. Il est difficile de parler de soi, parce que chacun préfère de parler de soi à entendre parler d'un autre.

———

Les vieillards tiennent souvent à leurs places, et au mouvement de la vie active, par une sorte de superstition. Ils croient que, s'ils renonçaient à quelque chose, ils auraient l'air de faire leur malle ; et ils craindraient que la mort ne les prît au mot, et ne commandât les chevaux pour le départ.

FIN DU DEUXIÈME VOLUME.

TABLE

DU DEUXIÈME VOLUME.

—

I. PHILOSOPHIE.

FRAGMENS OU PENSÉES DÉTACHÉES.

FIN DE LA TABLE DU DEUXIÈME VOLUME.

www.ingramcontent.com/pod-product-compliance
Lightning Source LLC
Chambersburg PA
CBHW060935030726
47503CB00003B/606